你努力去爱的样子，又孤独又美好

王藩——著

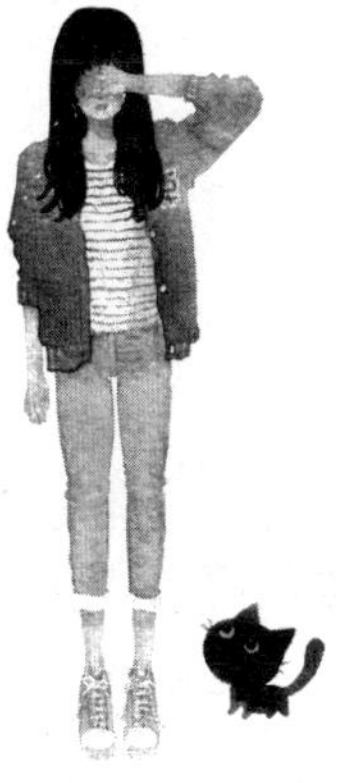

時代文藝出版社

图书在版编目（CIP）数据

你努力去爱的样子，又孤独又美好 / 王藩著．—长春：时代文艺出版社，2018.10

ISBN 978-7-5387-5522-0

Ⅰ．①你… Ⅱ．①王… Ⅲ．①故事—作品集—中国—当代 Ⅳ．①I247.81

中国版本图书馆CIP数据核字（2017）第196363号

出品人 陈 琛
产品总监 郭力家
出品监制 刘 峰
产品经理 宋丹丹
责任编辑 杨 迪
装帧设计 刘红刚
排版制作 李 楠

你努力去爱的样子，又孤独又美好
王藩 著

出版发行 / 时代文艺出版社
地址 / 长春市泰来街1825号 时代文艺出版社 邮编 / 130011
总编办 / 0431-86012927 发行部 / 0431-86012957 北京开发部 / 010-63108163
官方微博 / weibo.com / tlapress 天猫旗舰店 / sdwycbsgf.tmall.com
印刷 / 北京嘉业印刷厂
开本 / 880mm × 1230mm 1 / 32 字数 / 203千字 印张 / 9.5
版次 / 2018年10月第1版 印次 / 2018年10月第1次印刷 定价 / 38.00元

图书如有印装错误 请寄回印厂调换

目录

1 青春是一个人的兵荒马乱

2 爱让人一夜长大

1

青春是一个人的兵荒马乱

你努力去爱的样子，又孤独又美好

我不想你，我很想你

-（1）-

2008年全世界都在下雪，但没有一场雪比南南心里那场雪大。

南南是个很恬静的女孩儿，来自西安，有个和性格很不相符的嗜好，喜欢喝酒。但是一喝就倒，一倒就像死猪一样躺在那里，让人想入非非。

不过我们永远也只能想入非非，南南有个奴隶叫陈末。每次南南喝醉酒，陈末总在旁边誓死守护，等到最后南南实在醒不过来，就咬着牙把她扛回家。

只可惜陈末并不是南南的男朋友，南南的男朋友我们都不认识，只知道他在深圳打工。南南呢，讨厌深圳，2008年大学毕业后选择留在武汉。直到2010年的冬天，一天晚上，南南兴高采烈地告诉我们说，她可能要结婚了，因为她男朋友在空间里晒了一对她很喜欢很喜欢的戒指，大概是准备回来给她一个天大的惊喜。

第二天，天大的惊喜变成了天大的噩耗，南南男朋友打电话回来，说十分抱歉，已经在深圳和别的姑娘结了婚，希望她以后照顾好自己，从此再别和他联系。

南南在空间里发说说：失恋了，有人陪我喝一杯吗？

地址定位在 ×× 酒吧，陈末看见消息连滚带爬冲出去。

-（2）-

晚上陈末打电话过来，说南南躺在病床上，刚做完手术。我才知道，原来南南在酒吧喝得胃出血，陈末本来想阻止，可他陪南南喝了几杯自己先倒了下去。

我去医院看南南，她刚睡着，眼角还看得见泪痕。

陈末坐在旁边，很专注地盯着南南的脸，眉头拧成一把。

晚上南南还没醒，我打车回我工作的酒吧，陈末送我。

他抽出一支烟，很娴熟地点上。天桥下是成片的万家灯火。

我说："跟南南表白吧。"

他装作没听见，颤巍巍地吐一口烟圈儿。

我说："跟南南表白吧。"

他还是装作没听见，打死不回头。

我喊："跟南南表白吧！"

他支支吾吾半天，憋出一句："表什么白？"

我晓之以理："爱一个人，就是关键时候能站出来保护她；爱一个人，就是别让她喝酒伤害自己；爱一个人，就不能给她机会让她昏迷。”

他足足想了十分钟，说：“可是南南不爱我。”

我动之以情：“如果我是你，等她醒了就去跟她表白。只有让她明白你的心意爱上你，你才有机会好好照顾她，懂吗？”

陈末又想了十多分钟，问：“她会答应吗？”

我不理他：“爱就说出口，怕就喝杯酒，是爷们儿就不要怂。”

–（3）–

十天后南南出院，晚上我们组局去 KTV 唱歌。

一是想让南南散散心尽早走出来，二是想趁热打铁为陈末制造一个机会。

南南那天情绪很低落，尽管她一直在努力对每个人笑，但是谁都看得出，泪水一直在她眼眶里打转。陈末坐在她旁边，双手放在膝盖上，坐姿端正，表情严肃，手指因为紧张绷得笔直，一双眼睛直勾勾地盯着荧屏一动不动。

一向内敛的采儿突然站起来，宣布：“我唱首歌给大家听吧！”

掌声还未落下，音乐已经响起来了，梁静茹的《分手快乐》。

“爱可以不问对错，至少要喜悦感动。如果他总为别人撑伞，你何苦非为他等在雨中？”

采儿唱到这句，可乐抓住南南的手，跟着唱：“泡咖啡让你暖手，想挡挡你心口里的风。你却想上街走走，吹吹冷风会清醒得多。”

南南笑了笑，也跟着唱起来：“你说你不怕分手，只有点儿遗憾难过。情人节就要来了，剩自己一个。其实爱对了人，情人节每天都过……”

大合唱完毕，三个人抱头痛哭。

剩下手足无措的陈末和无言以对的我。

–（4）–

半小时后，南南终于哭完，在采儿和可乐的鼓励下像个小女孩儿一样抬起头，揉了揉泪光闪闪的眼睛，很抱歉很小心翼翼地冲我们一笑。

采儿说：“不哭了，我们分蛋糕吧。”可乐说：“对呀，我们分蛋糕吧。”陈末说：“分蛋糕吧。”我打了个冷哈哈，笑说：“分蛋糕吧分蛋糕吧，咦，蜡烛在哪里？”

关掉灯，二十六支蜡烛点亮整个小小的包厢。

南南说：“我许个愿吧。”我们点点头，南南便开始许愿：“听说愿望说出来就不灵了，可是我从小到大闭着眼睛默许的愿望，从来就没实现过。所以今天我要大声说出来：我希望自己，希望自己丢掉所有的包袱，花光所有的积蓄，把过去想去而又没舍得花钱去的地方通通走一遍。然后找一个陌生的城市，一切从零开始。”

所有人都呆住，只有采儿没忍住，问南南：“就不带一件行李吗？”

南南摇了摇头：“不带了，就背个包，带张卡吧，和过去划分得越清楚越好。”

又沉默几秒，可乐一字一顿地问：“真的就，决定了？”

南南正准备回答，陈末抢先一步，指着窗外说：“看，流星！”

我心想，大傻子，流什么星啊，但是望过去，还真的有流星，划过窗外钴蓝色的天空，很美很迷人。

陈末傻笑着，像哄小孩儿一样哄南南：“听说在流星落下前，闭上眼睛许的愿望一定能实现。南南，你许一个吧，蜡烛会骗人，但流星不会骗人。”

南南眼睛眯成一条线，笑吟吟地问：“真的吗？”

陈末点点头：“真的，我小时候在流星下许的愿望，就实现过。”

南南乖乖闭上眼睛。

我实在受不了了，低下头默默吃我的蛋糕。

许完愿，吃完蛋糕，继续唱歌。

三个女生你一句我一句，音浪太强，震得我和陈末晕头转向。时间一分一秒走得很慢，时针嘀嗒嘀嗒一点点转动。

–（5）–

等回头，我才发现陈末面前的那瓶红酒，已经不知不觉见了底。

然后他站起来，踉踉跄跄，特爷们儿地说：“切歌！”

这举动把我吓了一跳，只有可乐诡笑着看了他一眼，笑吟吟地问：“唱什么呀？”

陈末想了想：“张靓颖的《你一定要幸福》。”

采儿笑趴在地上：“哎哟，我去，幸好你说的不是李宇春。”

可乐笑着打趣：“你一个大男人唱什么女人的歌呀？”

陈末终于任性一回："我就要唱。"

可乐白他一眼："唱唱唱，没人不要你唱。"

你能想象一个醉酒的男人用沙哑的声音唱女人的歌是什么感觉吗？反正我是听醉了，不仅我醉了，三个女生也醉了，三个女生不仅醉了，还都听哭了。

一曲毕，陈末依旧抱着话筒，说："再来一首，《冬天的秘密》。"

可乐看了看陈末，还是没有犹豫地帮他点了。

结果陈末唱着唱着，就扯着嗓子嘶吼起来："如果我说我真的爱你，谁来收拾，这被破坏的友谊。如果我忍住这个秘密，温暖冬天，是否遥遥而无期？"

终于没忍住，嗓子一下子哑了下去，泪水哗啦一下流了下来。

可乐哭着喊："大傻子陈末，你是不是有话要说？你要是有话就说呀！有话就大声说出来呀，你说呀，你说呀，说呀，不说算什么男人呀？"

采儿哭得上气不接下气："对呀，你说呀，你不说算什么男人呀？"

我觉得此时无声胜有声。

一秒、两秒、三秒……当我在心里艰难地数到五的时候。

陈末终于走到南南面前，抬起头，深呼吸，一字一顿地说："我想对你，说，三个字。"

时间静止，空气凝滞，半分钟过去。

南南终于忍不住，问："哪三个字？"

陈末盯着南南，狠狠地咽了口吐沫："我想对你说，那三个字，一共，二十四画。"

我紧绷的神经瞬间坍塌，采儿和可乐像泄气的皮球一样一屁股坐在沙发上。只有南南掰着指头数了半天，最后兴高采烈地问：“二十四画，三个字，哈哈，是‘不要哭’吗？”

陈末愣了愣，点头：“对，不要哭，答应我，以后不许哭，你不是要一个人周游世界吗？所以一定不许再哭了，傻丫头，再哭就没人帮你擦眼泪啦！”

南南笑了笑，说：“好，我不哭，你也不许哭，我们都不许哭！”

陈末很笃定地点头，说：“嗯，我们都不许哭！”

我叹口气，哭笑不得，孩子你到底是单纯还是傻呀？

–（6）–

出 KTV 已是深更半夜，送南南她们打上车，我和陈末沿街散步。吹过的风很冷，吹得满世界一片荒凉。陈末走在我旁边，一直没说话，直到快要分道扬镳，才终于没忍住失落，说：“我在心里数了很多遍，不要哭，只有二十三画。”

我很无奈：“鬼都知道那三个字是‘我爱你’，你当南南傻呀？”

陈末停下来，问：“那，她为什么装作不知道？”

我气得笑了：“难道你要一个女孩儿问‘你说的那三个字是我爱你吗’？”

陈末一脸懵懂：“为什么？我不是太懂。”

我快疯了：“因为女孩儿脸皮儿薄呀，你用你的单纯打败了我。”

陈末：“我知道女孩儿脸皮薄，可是为什么……”

我彻底崩溃：“大哥，无厘头好玩吗？”

他笑了笑："南南不喜欢我，在南南心里，或许我是哥哥，是知己，再或者只是好朋友，但永远不可能是她喜欢的人，这一点，我心里比谁都清楚。我不敢跟她表白，是怕到最后连朋友也做不成，你懂了吗？"

我懂个屁呀，我不懂："为什么？"

"这世上很多事情没有为什么，就像很多事情没有答案一样。"

"我想打人。"

"没有答案，但一定有结果。"

"我想杀人。"

"我们注定不是命中注定的人，所以，我只能祝福她去远方寻找幸福。"

"G—u—n—滚！"

"难道我说的不对吗？"

"幸福一直在身边，从不在远方。"

"可有些幸福，一直在身边，却永远只能停在眼前。"

"因为你没去追。"

"不对，是因为我爱她，好爱好爱。"

"你爱她，所以放弃？"

"我爱她，并不一定要拥有她，只要她过得快乐，我的痛苦又算什么？"

"无私，情圣，当代梁山伯，绝世好男人。"

"哈哈，见笑。"

"你再哈哈一次试试，我保证不打死你。"

"哈哈，你说话真有意思。"

我濒临崩溃：“你脑子里到底装的什么，进屎了？”

“我在想，如果爱情不能带给她幸福，那就让友情带给她一点儿不用担心失去的温暖吧；如果爱情总让她担惊受怕，那就让友情带去一份不用担心失去的陪伴吧；如果爱情里必须有一个人受伤，我希望那个人永远是我，永远不是她。”

“可她早晚得嫁人，你早晚也要结婚。”

“我知道那一天一定会来，但我会一直等到她回来。”

“哦。”

“你不会明白。”

“哦。”

他固执得像个诗人：“如果你是爱情里受伤的小鸟，我便是那永远守候的枝头。就算有一天注定要分开，我也会在原地等着你回来。等你想起故乡飞回来，等你累了停下来，等你有个肩头可以依靠，等你有个地方可以歇歇脚。”

我无言以对。

–（7）–

南南真的走了，没有通知任何人，上了火车才发消息：对不起，我走了，没有提前通知你们。发完这条短信我会把卡扔了，以后不再联系，但是我会想你们，无论走得多远，永远不会忘了你们。照顾好自己，我永远最亲最爱的朋友们。

可乐打电话过来，说：“陈末电话打不通，不会出事吧？”

我说："放心吧，不会出事。"

荒烟蔓草的山坡上，夕阳的光线无限柔软，长长的弧形铁轨，仿佛一直延伸到天边。暮色的天，悠然的风，以及，望着远方，泪流满面的陈末。

我在想，忘记什么时候，从这里开始，火车的汽笛声变成一枚催泪弹，离开的人和等待的人都在哭泣；忘记什么时候，从这里开始，挥挥手就是永远，一声再见就再也不见，离开的人和等待的人都成了彼此此生永远看不见终点的想念。

"她走了。"

"我知道。"

"怎么办？"

"凉拌。"

"我会等她。"

"我知道。"

"等一辈子。"

"你做不到。"

"我可以。"

"随便你。"

"我想喝酒。"

"走吧。"

"我还想唱歌。"

"唱吧。"

半个小时后，我和陈末走进包厢，房间号503，进门左拐一直走，走到尽头。巧合的是，和南南出院那天，是同一间。这一切，说不上是偶然还是天意。

一箱啤酒全部打开，摆满桌子，我决定陪他好好醉一场。

“先喝酒？”

“喝一瓶酒，唱一首歌。”

“好。”

不说废话，碰个瓶，一口干，干完酒瓶倒过来，晃两晃。

“唱歌。”

“唱什么？”

“《淘汰》。”

“我说了所有的慌，你全都相信。简单的，我爱你，你却老不信。”

此处哽咽一声。

“你书里的剧情，我不想上演，因为我喜欢，喜剧收尾。”

此处声音已沙哑。

“我试过完美放弃，的确很踏实，醒来了，梦散了，你我都走散了……”

扑通一声，陈末跪在地上，像是一种悲恸从心底彻底涌入胸腔，哇的一声，他绝望而悲痛地哭出声来：“我以为我能忍住，可我实在忍不住了，我感觉自己就快要死了……”

–（8）–

我抱住他，像抱住一个浑身发抖的小孩儿，抱住一个整个世界都崩塌的 loser（失败者）。

我知道很多人无法理解这样一个二十六岁的脆弱老男孩儿，但我知道很多人可以理解这样一段爱情：跟喜欢很久的女孩儿读了同一所大学，以为一切都将有一个新的开始，却在军训结束后不久发现女孩儿有了新的男朋友。就这样四年过去，女孩儿的男朋友去了深圳，女孩儿留在武汉，他放弃帝都的offer（入职通知）陪他留在武汉。一留就是两年，时间过得好快，女孩儿又失恋了，他却再没有表白的勇气，直到她一声不响地离开。

那，或许从未开始过，就已经结束了。或许她也喜欢他，却无法开口说。

八年的时间足够说一箩筐安慰的话，却唯独说不出那三个字，二十四画：我爱你。

三年后，终于有了南南的消息，听说她绕了大半个中国，最后却绕到了深圳。曾经她最讨厌的城市，最后却留住了她。

或许，这就是所谓的宿命吧。

我想，人类最悲哀的事情，莫过于发现了地球是圆形的。因为从那一刻起，你再也没有勇气逃往天涯海角，哪里有什么天涯海角？你逃得再远，终归是要回到起点。所谓人生，不过是人用一生的时间亲手为自己画一个圆，你以为那是结局，是圆满。可你别忘了刚上学老师就告诉过你了，它的名字叫，鸡蛋。

-（9）-

南南在那里嫁了人，听说丈夫是个很有钱的义乌商人。

014

陈末也没有遵守诺言永远等在江城，得知南南结婚的消息后不久，他就回了老家。

离开前我对他说了曾经说过的话："我知道那一天一定会来，但我会一直等到她回来。"

他笑了笑："有些东西只能永远藏在心里，有些日子一旦过去，就再也回不去。"

我终于矫情一回："可能以后很难再见了，别忘了我们一起喝过酒。"

他眼眶红红的，怕被我发现，丢下一句"保重"，就钻进了车站。

陈末的老家在湖北某个民风淳朴的乡村。

两周前，我打电话给他，他是这样跟我描述的："父亲母亲的身体还算凑合，有些白头发但不多，老样子。家里的田地和小时候一样，种满了庄稼，今年的麦子该有个好收成，也是老样子。我身体还不错，心情也没什么变化，前两天父母张罗着给我安排了几场相亲，但我还不想谈恋爱，都没去，也还是老样子。"

一大堆老样子的东西，就这么让我沉默起来。

我知道，有些东西，并不是老样子。

至少去年这个时候，你还在为南南写诗：

等不到你的消息，在你走之后，我笑着把这场孤独酿成酒，夜夜买醉。大雁每每南飞，每每南飞不停留。我只能把每段思念串成音符低声唱，从早到晚，从早到晚诉成愁。我不想你，我很想你，一场空守候。我不想你，我很想你，无法再回头。

我不想你，我很想你。我不想你，我很想你。

故事的小黄花，从出生那年就飘着

-（1）-

我想，大概每个“90 后”，青春里都有一首周杰伦。

读五年级时，表哥送我一个单放，两盘磁带，一盘是任贤齐，一盘就是周杰伦。但我没有像多数人一样迷恋《双节棍》，反而更喜欢《爸我回来了》。

每次我爸一喝醉，我就躲在旁边小声唱：我叫你爸，你打我妈，这样对吗，干吗这样？何必让酒牵着鼻子走，瞎，咕咚咚呗。

后来我想爸肯定听不懂，就当他面大声唱：“我叫你爸，你打我妈？”

哼，结果一顿暴揍。

六年级心里开始有小九九，迷恋武侠片中的情节，渴望牵着班上某个女孩儿的手在草原上追蜜蜂，在秋千上看星星，于是一遍一遍听《简单爱》。

十年后，电子乐敲遍大江南北，全世界都在哼：欧巴刚刚style[①]。

简单爱变成星星挂在天空上，成为遥不可及的梦想。

一切都在变，完全适应不过来。

－(2)－

上初中以后，学校全封闭管理，老师什么都没收，单放一直躺在家里。听歌便成了一件很奢侈的事儿，3年时间除了周末，就只剩下“学习”二字。

那时手机还不流行，MP3[②] 更是高档品，压根儿买不起。

晚自习前的休息便成了唯一可以听歌的时间，趴在栏杆上，听广播里不断播放的流行歌，很长一段时间，Jay、Jolin、SHE 几乎成了所有中学生的偶像。

而那些个黄昏和操场，总让人忍不住 45° 角仰望天空。

后来，45° 角成了被调侃的词。社会越来越浮躁，一切明媚的忧伤都显得矫情。身边的小伙伴都学会了抽烟喝酒，各自皱着眉头想问题。

大家都微笑有度，但我知道没有人真的比从前快乐。

偶尔路过某些地方，天桥上、阳台上、路口或火车站，有幸看见很美很美的夕阳。如果一个人，肯定会停下来，默默抬头，发很

---

① 韩语流行歌曲中歌词的音译。

② 一种音乐播放器。

久很久的呆。

熟悉的调调不断在脑子里徘徊。

“想回到过去，试着让故事继续，至少不再让你离我而去。”

但过去永远也回不去，连怀念都是多余。

等回过神来，你只能继续往前走，走进喧嚣，走进城市的街道，走进灯红酒绿的夜晚。我知道你经常不快乐，但你只能往前走。

青春是一条没有返程的路。

–（3）–

到了初三，有一段时间特别迷恋《东风破》间奏的二胡配乐，每次听到总要倒回去再听几遍。“一盏离愁，一壶漂泊，岁月在墙上剥落，看见小时候。”

我才发现，原来忧伤的东西，可以忧伤得这么美。

如今，三年七班的同学已经忘得差不多，但那间可以容纳六七十人的破破烂烂的旧教室在记忆里依旧鲜明。QQ列表里，还有多年不曾联系的后排女生。

后来在《晴天》熟悉的旋律中，我告别了初中。

“故事的小黄花，从出生那年就飘着。童年的荡秋千，随记忆一直晃到现在。”

多年后，我挺胸走进所谓的社会，所谓的现实，看见太多的事，太多的不是。也会有很多浮躁的时候，对世界充满不满和怒气，干什么都没耐心。

但每每躺在床上听《晴天》，总能让我静下心来想很多。

然后提醒自己要清醒："宁愿像个孩子，不去看太多的事，听太多的不是。只去做自己的事，坚持自己的坚持。无所谓幼不幼稚，守着初心，单纯一辈子。"

童年的荡秋千，便一直在记忆里晃。

–（4）–

高中开始后，一切变得紧张，军训开始身边人就准备好打一场三年的仗。

但，一首懒懒的《七里香》，还是让那个夏天变得特别有味道。

记忆里的窗外没有电线杆，也没有斗嘴的麻雀，但无数个下午，万里浅蓝的天空，安静飘在上面的白云。炙热的太阳烤着水泥地，以及偶尔吹来的一阵下午风和电风扇转动时闷闷的噪音。十年后，依旧还是最美好的回忆。

《乱舞春秋》让我有了第一个口头禅："鸡排饭，诶，加个蛋嘞。"

跟着《乱舞春秋》，我也迎来了自己最叛逆的一段时光。

虽然不阳光，其实还挺内向，但心里总有一股子倔劲儿。看谁都不顺眼，看谁都傻，总觉得自己有理想有抱负将来肯定和这些凡夫俗子不一样。

每本书的扉页都要写上：嗟呼，燕雀安知鸿鹄之志哉！

"我呸，谁也不服谁。我是龟，你是鳖，啦啦啦啦啦啦啦。"

然后，高二的时候突然沉默下来，说不上为什么，总觉得心里压着一块石头。每到黄昏就特别难受，于是开始喜欢听安静一点儿的歌。

《十一月的肖邦》至今依然是我最喜欢的专辑。

喜欢《夜曲》的凄美，《发如雪》里的前世轮回，在《枫》的安静旋律中迎来了秋冬。校园里遍地的黄色落叶，跟着秋风在脑海里翻滚，一直到如今。

也是在那年冬天，爷爷奶奶突然一个月内先后没了。

我开始常常想，等自己将来有了孩子，爸爸妈妈就会升级成爷爷奶奶。那，等自己的孩子长到和自己一样大，爸爸妈妈会不会也突然间离开?

那时每每想到这些，总感觉呼吸不过来。十年后，我学会了面对，知道了生老病死应该平常看待，但每每想到这些，还是感觉呼吸不过来。

我不是矫情的人，但我害怕没有预告的离别。

也因此，十年后《听妈妈的话》，突然就成了一首不那么轻快的歌。

–（5）–

高中有一段时间，最喜欢听的歌是《暗号》。

“我害怕，你心碎，没人帮你擦眼泪。别管那是非，只要我们感觉对。”

每天都想唱给某个女孩儿听，想了几个月也没敢唱，一向胆大的我最终唯唯诺诺写一首藏头的情诗去表白。

结果女孩儿没看懂，又过了两个月天昏地暗的日子，我才鼓起勇气对她说：“喂，那谁，你把每句诗的第一个字连起来读试试？”

三个月后，在我的穷追不舍下，女孩儿决定每周和我约会一次。我俩开始围着操场走圈儿，一圈儿又一圈儿。

就这样不知不觉转到高中结束。

有星星的夜空，没星星的夜空。吹过青草地的晚风，萤火虫，悄悄话，糖一样甜甜的情话：“星星月亮天上挂，嫦娥奔月了牵挂。牛郎织女谈情话，有个猪头不说话。瞪着眼睛看电话，明知说的就是你，还要坚持看到底。佩服佩服。”

永远待在回忆里，永远不褪色。

－（6）－

高三的时候，同桌也学我给暗恋已久的女孩儿写情书：“天青色等烟雨，而我在等你。”

结果女孩儿回：“月色呀被打捞起，我俩没结局！”

同桌像打不死的小强，嘘寒问暖追女孩儿半年，终于撬开姑娘羞涩的情窦。毕业后，两人手牵手去一个城市上大学，同桌告诉我，他们将来指定结婚。

几年后大学毕业，同桌单身一人，女孩儿嫁到山东。

再相见在另一个城市，喝很多酒，一场大醉，同桌抱着话筒嘶吼：“一起长大的约定，与你聊不完的曾经，而我已经分不清，你是友情，还是错过的爱情……”

我小声跟着唱，唱到泪水充满眼眶。

我清楚地记得，高考结束那晚我们去 KTV 唱歌，同桌和他喜欢的女孩儿合唱的，也是《蒲公英的约定》。

我还记得，最后我们一起合唱的是杰伦的新歌《烟花易冷》。

唱完挥挥手，各自回头，转身泪如雨下。

三年的高中，从《简单爱》开始，到《烟花易冷》结束。

–（7）–

上大学以后，对杰伦的关注少了许多。也很少再关心谁谁谁出了新歌，谁谁谁要出新专辑。但偶尔想起来，还是会上网搜一搜杰伦新专辑的消息。

从对《惊叹号》的失望，到《十二新作》的一点儿惊喜。试听过后，除了多了一首《红尘客栈》，播放列表里依旧是过去的老歌。

后来，列表里多了陈奕迅，再后来又多了小柯，到如今，又多了李荣浩。但至少前 50 首歌，永远是周杰伦。

答辩结束那晚，喝醉的班长抱着话筒嘶吼《那些花儿》。“啦啦啦……想她”，记不住他断断续续唱了多少个“啦”，因为一直被自己的哽咽声打断。

但等他颤巍巍唱完最后一句：“我们就这样，各自奔天涯。”

抱着啤酒瓶儿假洒脱的我们都悄悄湿了眼眶。

唱完歌在酒店门口，班上最后一对恋人分手，一个在原地蹲下，一个转身就走。

“如果那两个字没有颤抖，我不会，发现我难受。”

-（8）-

大学毕业后，工作前，回家待两周。

离开那天起得很早，老妈煮一碗热面看着我吃，老爸还是沉默地坐在旁边。抬头看见他们藏不住的白头发，拼命忍住没让眼泪掉进面碗里。

一路上都在想，时间，过得也太快了吧？

时间真的过得太快了。

一个人从武汉到深圳，转眼待到如今。2015 年的中秋节，去佛山听周杰伦的演唱会，跟着大家一起扯着嗓子唱《轨迹》，唱到眼泪哗哗流。

“我会发着呆然后忘记你，接着紧紧闭上眼。想着那一天会有人代替，让我不再想念你。”

后来，有一天真的会有人代替，但我还是会想念你。

我突然想明白，其实我们迷恋的不是周杰伦，而是一段相似的青春，和过去那个执着而单纯的自己，以及让我第一次怦然心动的，你。

再也回不去。

-（9）-

十四年的周杰伦，十一年的我。从崇拜到失望到怀念，从两小无猜到一夜长大到逐渐成熟。

“90后”那个叛逆的标签还没有全抹去，少年已不再少年。

十一年，从小马小儿郎到深圳陌生的大街上，从武昌火车站到广州的白云机场。车水马龙川流不息，一场场大雨，霓虹和路人一起倒退。厦门的黎明总是很冷，和北京的夜晚一样，上海的小吃很美味，可是我不喜欢吃甜的。

十一年，太多美丽的梦想《搁浅》，于是懂得了《退后》。回味着那年的《暗号》，安静地听啦儿啦的《发如雪》，看淡世间的《烟花易冷》。

越来越想不明白，为什么，再不能够《简单爱》？

终于肯承认，没有时光机能带我们回到过去，蒲公英的约定飘散在某年的风里。无数不能说的秘密，终究成了永远也揭不开的谜底。

所幸，生活仍然有晴天，雨后依旧有彩虹。

姑娘，你为什么活成了女汉子

－（1）－

妖孽是我在深圳工作时认识的。

她喜欢涂紫色的唇彩，染紫色的指甲。说话像一杯白开水，不带任何感情色彩。笑的时候也只是轻轻挑一下嘴角，连喝水都要摆出一副优雅的姿态。

人如其名，听起来就让人毛骨悚然。

有人把女人分为三种：一种总是高高在上，距离产生美，可远观而不可亵玩焉，过界就会被灼伤。

一种就像国产手机，各种功能齐全，但就是少了份尊贵，还老死机。

还有一种威武，不拘小节，能当闺蜜还能当男友。

开始我觉得妖孽是第一种，浑身散发一股寒气。等熟了以后，我才发现原来她是第三种。

-（2）-

妖孽虽然外表冷酷，但为人并不十分冷酷，话不多，但平易近人，且一副侠义心肠。公司有个女孩儿加班忘了关灯，人事追究责任，妖孽全揽下来。

部门早会轮到她，结果堵车迟到十分钟，进门两手提着十八份蒸米粉，大喊着："来来来，今天早会分享蒸米粉，下面我给大家讲讲为什么我每天早上都吃它。"

我和妖孽变熟是从进公司第一天开始，3 点下午茶，我去领了杯红茶，她领了一壶。我张大嘴巴，她说你嘴巴张那么大干什么，我说看你喝红茶。

她笑一下："晚上 8 点新人培训，下了班，记得先吃个晚饭。"

我："……"

后来和妖孽聊起这事儿，她问我："当时你心里是不是有一万只某种马奔腾而过？"

我说："不，其实当时我想写一本小说。"

她问："什么小说？"

我说："如何推倒霸道女上司。"

她笑："哈哈哈，我觉得不如改成，我被霸道女上司欺凌的日子。"

妖孽虽然自诩为女汉子，但她活的并不女汉子。

从不穿暴"露"的衣服，不开过格的玩笑。不抖腿，不随意，不大嗓门儿，不为所欲为，不强人所难，也不懒惰任性。

有时候心情好，也会一身小女生的着装，笑起来像花儿一样。

-（3）-

我和妖孽认识的时候，她的 QQ 签名是：满城不见男子汉，只好自己来当女汉子。

后来我才知道她的签名是因为一次飞车抢劫。

妖孽说飞车抢劫什么的只是在电视里看过，从没想过会在现实里发生。一个周末她坐车去东莞看闺蜜，挎着个包在大街上走，一辆摩托车不知不觉从身后冲出来，没能一下抢走包，结果连人带包在地上拖了两米，拖得她浑身血淋淋，最后包还是被抢走了。而且还是在阳光明媚的上午，在车来人往的大街上。

后来妖孽回忆当时的场景：有排队拉客的摩的，有等生意的面包车，有无数光膀子的男子汉，有商场维护秩序的保安大叔。

在摩托车拖着她减速的几秒钟，如果有一个人帮她，结局也许就不一样了。

回来后，她就把昵称改成妖孽，决定重新做女人。

满城不见男子汉，只好自己来当女汉子。

-（4）-

当时公司来了一个 1992 年出生的小姑娘，失恋后一个人伤心来深圳，情商不高，单纯得一塌糊涂。换句话说就是有点儿傻，偶像是蜘蛛侠。

不到一周，无论男女老少都喜欢和她开玩笑，问一些特弱智的问题，比方说："你觉得蜘蛛侠和超人谁厉害？我觉得是蜘蛛侠，因为你能赋予他魔法！"

小姑娘："哈哈哈！那当然！我只要一按遥控器，超人就死了！"

我心想，一按遥控器，蜘蛛侠难道还活着么？

妖孽总是嗤之以鼻，从来不和小姑娘嬉皮笑脸，甚至有时候不给好脸色看。

有一次我说："小姑娘挺可爱的，你好像很不待见她？"

妖孽说："你难道就没发现那些人只是拿她消遣么？一个人如果连别人拿她娱乐消遣都不自知，那不叫可爱，那叫可悲。"

我说："好吧好吧，但不管可爱可悲，至少她带给大家不少欢乐吧？"

妖孽说："没错，她是带给大家不少欢乐，但是等她将来欢乐不起来的时候，谁会给她带来欢乐？早晚有一天她会醒悟的，对大多数人来说，单纯和无知不过是她身上一个可以利用的价值而已，等价值消失，那些人也就一哄而散。"

我想了想，有点儿道理，说："那你劝劝她吧！"

妖孽说："有些东西只有经历过才会懂，成长只能靠自己。"

小姑娘身材很好，人也漂亮，很会化妆，也喜欢去健身房健身。

对很多女孩儿来说，外貌如果不能和智商成正比，往往要吃亏。小姑娘就是这样，没多久公司就有传言，说她正在和一个陪她健身的肌肉男谈恋爱。

我对这些流言毫无兴趣，也懒得去关心。

直到一天和妖孽去喝咖啡，她问："你有没有听说小姑娘在和一个男的谈恋爱？"

我说：“有啊，听到一些，你什么时候也对这些八卦感兴趣了？”

妖孽说：“那天我看见了，和小姑娘一起那个男的，以前祸害过一个去健身的女同事，害的人家差点儿跳楼。而且，公司大多数老员工都知道这件事。”

她呵呵一笑，没再说下去。

我大概猜到怎么回事，叹口气说：“那你去劝劝她吧。”

妖孽笑一下，说：“好。”

那时候我刚进公司不久，又内向，很少和人交流。

他们开小姑娘玩笑，我只是听，从来不插话。

除了妖孽，几乎所有人都在对小姑娘说同样的话，类似于：听说你恋爱了呀，男朋友很帅哦！你男朋友身材好棒，长得真像蜘蛛侠，和这样的男人在一起肯定特有安全感对吧？我要是有这么好的男朋友，肯定拍拍胸脯就嫁了……

我愤怒地问妖孽：“为什么？”

她抛给我两个字：“嫉妒。”

但妖孽和小姑娘不熟，一直找不到机会开口。

－（5）－

终于有一天在麦当劳遇见小姑娘，妖孽拽着我过去和小姑娘坐在一起。

一开始气氛很尴尬，沉默许久。

妖孽率先打破沉默，开门见山：“听说你恋爱了，你喜欢他什么？”

小姑娘愣一下，然后掰着指头开始数：“特爷们儿，有担当，像个大英雄，我最欣赏他身上的男子汉气概，尤其是他抽烟时特帅气的动作。”

妖孽吐一下舌头，说：“我要是告诉你，他……”

说到一半，妖孽摇了摇头，说：“算了。”

小姑娘眨两下眼睛，也没往下问。

晚上我问妖孽：“为什么不把话说完？”

妖孽说：“你觉得以她现在的心态，可能相信我说的话吗？”

我叹口气，问：“那会有什么后果？”

妖孽想了想，说：“我不知道，总之之前那个女同事，为他打过两次胎，还挨过他几次打。有一次在公司门口当着很多人，打得特别凶，打完那个女同事要跳楼，被保安拦了下来。没多久那个女同事就辞了职，后来就没有后来了。”

我说：“无论如何，打女人的男人都不算男人。”

半年后，我和妖孽在大排档遇见小姑娘和肌肉男。

她闭上眼睛思考一会儿，对我说：“记住，无论发生什么都别过来，有人会替我买单。”

我不明就里地点点头。

她左顾右盼半分钟，开一瓶啤酒，慢悠悠走到一个黄毛跟前。不紧不慢地把啤酒瓶倒过来，顺着黄毛头顶往下淋，咕咚咕咚，很有节奏感。

黄毛纹丝不动，不过脸上写的是：“告诉我这不是真的！”

在场所有人都盯着这戏剧性的一幕，包括小姑娘和肌肉男。

啤酒瓶空了，妖孽于是挑衅地对肌肉男挤一下眼睛，手上摆一个 OK（好的）的动作。

肌肉男很暧昧地回一个 OK。

妖孽便对还在发愣的黄毛说："我老公说他非常看不惯你，让我过来请你喝瓶酒，你要是觉得好喝，就忍了，要是觉得不好喝，你能把他咋地？"

黄毛和兄弟们都站起来，直奔肌肉男而去。

妖孽拉着我悄无声息地开溜。

回头没见有人追上来，我问："你和那个肌肉男认识？"

妖孽气喘吁吁："不认识。"

我："那他为什么也摆个 OK 的动作？"

妖孽："我哪儿知道。"

我："不愧是策划总监，这场策划简直太完美了，虽然失败的几率也很大。"

妖孽："其实我也在赌。"

走进另一家大排档，我问："你觉得那三个黄毛打得过肌肉男吗？"

妖孽唾弃地笑一下，说："之前那个女同事和肌肉男出去玩，不小心撞到一群混混。人混混手一抬，这货就丢下女朋友跑了，比兔子还快。"

我突然想到："那他跑了，小姑娘怎么办？"

妖孽眼睛一亮，尖叫一声"对哦"，拉着我就往回跑。

十分钟后在路口遇见小姑娘，一个人蹲在地上哭。

妖孽过去抱住小姑娘，问："他是不是跑了？"

小姑娘伤心地点点头。

妖孽并不意外，又问："那群混混呢？"

小姑娘哇一声哭出来："他把我一个人丢在那里。"

妖孽内疚地问："他们是不是欺负你了？"

小姑娘摇摇头："他们追上去了。"

我和妖孽相互吐吐舌头。

妖孽开始劝小姑娘："好男人不会丢下你不管，好男人长一身肌肉还不够还要有胆魄，好男人不仅要有胆魄还要有心胸，尤其不能打女人！"

小姑娘抬头问："你怎么知道他打我啦？"

妖孽说："傻孩子，你挨打，你为他打胎的事全公司的人都知道。"

小姑娘抽泣："难怪，难怪他们都用那种眼神看我。"

事实上，早在两个月前，从小姑娘打胎的消息在公司传开以后，以前喜欢和小姑娘开玩笑的那群人就开始孤立她，或者说一些含沙射影的风凉话。

–（6）–

小姑娘也变得沉默，再也不是刚进公司时那个单纯活泼的小丫头。

每天病怏怏的，额头上长满痘痘，笑起来也是皮笑肉不笑。再没人叫她一起吃饭，没人和她开玩笑，也很少有人给她好脸色看。

我经常对妖孽说："小姑娘挺可怜的，你多帮帮她吧。"

妖孽把签名改成：女人何苦为难女人。

由于妖孽在公司的地位，很长一段时间没人再为难小姑娘，不过她还是被孤立。

周末，妖孽请小姑娘吃饭，命令我也跟着，否则开除。

喝开了，妖孽对小姑娘说：“男子汉不单单是长满肌肉，力大无脑的叫莽夫，恃强凌弱的叫畜生。有了胆魄才配叫汉子，心胸宽广方能称豪杰。”

小姑娘说：“我懂了，明天我就和他分手。”

妖孽说：“好样儿的，分了手，慢慢去寻找你心中的蜘蛛侠。如果找不到，就做自己的英雄。满城不见男子汉，那就自己去做女汉子！”

两天后，小姑娘找到妖孽，说：“我已经和他分手了，真的很谢谢你。不过，我决定辞职了，因为我想换个环境重新开始，做一个和你一样的女人。”

妖孽说：“我也觉得你该换个环境了，衣服不合适，就换身新的。”

小姑娘走后，公司里还是流言不断，各种猜测如洪水猛兽。

终于妖孽听不下去了，早会又迟到，提 18 份蒸米粉进门，大喊着：“来来来，今天早会分享蒸米粉，吃完我们一起谈谈感受。”

大家各领一份开吃，吃完妖孽问：“好吃吗？”

一个两个开始发表意见：“有点儿辣，醋放的有点儿多，不过确实很好吃。”

妖孽说：“好吃，以后就把嘴闭上，少去说别人的闲话。人生就像一份蒸米粉，各有各的辣，各有各的酸。谁都不容易，又何苦去嘲笑别人？”

早会结束后我给妖孽发消息：“你就不怕把人得罪光了？”

过一会儿，妖孽回：“得罪光了也没关系，反正我也不打算在这儿待了，再待下去也没意思。这里空气太差，我想换点儿新鲜的。”

我说：“好歹你也在这儿待几年了，不觉得可惜吗？”

妖孽说：“就是因为觉得可惜，才一直舍不得离开。但是，现在我想通了，人生那么短，就算没经历过大风大浪，也不能让自己在安逸的环境中变成行尸走肉。我宁愿身上一无所有，也不愿灵魂一贫如洗。因为我，并没有真的感到快乐。”

不一会儿，妖孽把签名换成：我不是靠活着的惯性而活着。

-（7）-

半个月后，妖孽正式离职，我们喝了最后一杯咖啡。

妖孽给我讲了一个故事，说她憋在心里好多年了，从来没对别人讲过。之所以选择我，是因为来深圳这些年，年长的和她钩心斗角，年纪小的把她当领导，我是第一个没大没小把她当朋友的人。

故事的名字叫作：一个苹果砸醒了牛顿，一个巴掌拍醒了女孩儿。

大概是，妖孽曾经也是个单纯活泼的小姑娘，从高中开始喜欢一个男孩儿，喜欢了八年的时间。后来两个人开始异地，有一天男孩儿问妖孽借八百块，说是房租不够。结果男孩儿去“按摩”被抓，妖孽知道消息时，男孩儿被判定拘留十五天。

妖孽伤心，来到深圳，五年了，再也不敢碰爱情。

妖孽说：“我以为我们一定会结婚的，从喜欢上他开始，我一直这么以为。”

那天深圳下了一场很大的雨，我第一次见妖孽哭。

活脱脱一个小女孩儿，再不是什么女汉子。

傍晚的飞机，我送她去机场，她没有拒绝。

临走前，妖孽笑着对我说：“小弟弟你别想岔了，我不想谈恋爱，并不是因为我还爱着他。我选择当女汉子，是因为我在等心中的男子汉。很多人说我不够女人，不是我不够女人，而是我的女人味儿只对人中豪杰。”

原来女汉子背后都有一颗少女心，都藏着一份炙热的温柔。

两天后，我在空间看见妖孽在华山绝壁走木栈道的照片，她的签名也更新了——

人生那么苦，我想出去寻找一点儿好风景。

一个人的迁徙

-（1）-

我一直把人生看成两部分，以学生时代的结束为界限。

前半部分我们一无所有，唯有一腔孤勇，以为吹起号角就能打败一切，不管刀山火海。

十年后才明白，曾以为的刀山火海，其实什么也算不上。

过去的青春像一部默片，开始喜极而泣，结束欲哭无泪。若干年后，理性的说恋旧苍白无力，感性的说除此之外毫无意义。

管它有没有意义，回忆祝所有有故事的人，快乐。

毕业以后，除了少部分人昂首阔步行于坦途，多数人都不得不卷入社会的洪流中。

光芒万丈的泯然众人，胆大妄为的唯唯诺诺，沉默寡言的谎话连篇。虚荣心就像脸上的胭脂越涂越厚，饱含炫耀的寒暄打消所有见面的念头。

东西南北，天各一方，故事早晚会结束，但不是每个人都将有归宿。

有些人，始终是一个人迁徙。

–（2）–

北北来自林海雪原，在西安上的大学，因为喜欢看快乐大本营，毕业后只身去了长沙。在长沙待两年，觉得失望，一路南下到深圳。

妖孽这么介绍北北：小姑娘单纯秀气，没什么黑历史，不说脏话，脾气也好得很。只是至今没谈过恋爱，处女座的处女，连初吻都还在。

有一次妖孽说："北北，你在我眼里就是一张白纸。"

北北笑了笑："有的女人像候鸟，一生都在寂寞地迁徙。偶尔停下来，回头望一眼自己落寞的影子。或者害怕了，害怕就这样变老，害怕有一天会无缘无故疯掉。其实我不是白纸，我是只候鸟，一只不断迁徙的候鸟。"

妖孽说："照这么说，我也是只候鸟，但我不喜欢迁徙。"

–（3）–

北北喜欢刘若英，每次去 KTV 必点她的歌："很爱很爱你，所以愿意舍得让你，往更多幸福的地方飞去。很爱很爱你，只有让你拥有爱情，我才安心。"

妖孽离职前，北北固执地大醉一回，抱着妖孽撒娇，泪眼汪汪地说："小妖你知道吗，你在我心里比男朋友还重要，失去你比失去喜欢的男孩儿还难受。"

妖孽惊悚地一缩脖子："北北你喝醉了，还有你不是没谈过恋爱吗？"

北北说："可是我有喜欢的人呀，他每换一个城市，我就感觉失去他一次。"

我们才知道，原来北北不停换城市，是为了追随喜欢的人。

从东北追到西安，后来男生考上湖南大学播音主持专业的研究生，北北又追到长沙。只不过，男生毕业后留在长沙，北北却一个人漂到了深圳。

至于为什么北北没有留在长沙，没有人知道。

-（4）-

11月的一天，我和北北去龙华出差，路过梅林，在一家饮品店喝金桔柠檬茶。天有点儿冷，飘着小雨，刮很大的风，不经意聊到深圳不下雪的话题。

北北说："我家在东北海林，就是电影里说的林海雪原，每年冬天都下特别特别大的雪。小时候从家到镇上的中学，要在雪地里走好几个小时才能到。"

我突发奇想："雪地里有狼吧，要是路上遇见狼怎么办？"

她玩笑说："狼一般是遇不到的，不过可能遇见老虎和豹子！"

我惊悚地问：“你是怎么活到现在的？”

她想了想，问：“你小时候看过《犬夜叉》没有？”

我点头：“看过。”

她又问：“那你喜欢阿离还是桔梗？”

我毫不犹豫：“阿离。”

原本我以为她会问我为什么，结果她说：“我喜欢杀生丸，因为我还是个小女孩儿的时候，每次上学都跟在一个酷酷的大哥哥后面，所以才没被野兽吃掉。”

我心想，这样啊。

想想发现不对，问：“你喜欢的那个人，是不是就是小时候的大哥哥？”

她低下头，红着脸点了点头。

–（5）–

过两个月，我和北北去蛇口海上世界策划灯光节活动，连夜拍照测量。忙到后半夜打不到车回家，就一边走一边聊天。

北北问：“你喜欢现在的工作吗？”

我不假思索地摇头：“不喜欢。”

她问：“那你为什么还待在这里？”

我认真想了想，说：“有些路，不是不想走就可以不走。”

北北笑了笑：“也对哦。”

过了一会儿，她补充说：“我觉得普通人的一生，就是谈一场不咸不淡的恋爱，找一份忙忙碌碌的工作，辛辛苦苦半辈子，一回头，发现自己老了。”

我叹口气：“做人真累。”

北北笑一下：“我觉得我的人生没那么累，但是特无聊，爱上一个没有交集的人，跟着他跑几个城市，却始终找不到可以歇脚的地方。”

我笑说：“所以你是迁徙的候鸟。”

过一会儿，北北说：“其实初中毕业后，我和他就再没了交集，偶尔见面也只是打个招呼。但就是莫名其妙地，跟着他跑了那么多城市。”

我深吸一口气说：“你呀。”

-（6）-

妖孽说：“其实外表看起来越大大咧咧的女孩子，内心越敏感脆弱。”

北北就是这样，表面坚强，却天天想着大醉一场。

妖孽出去旅游一圈回来，约我们出去唱歌喝酒，北北说她好长时间没碰酒了想醉一回，打电话订了一家离她家最近的 KTV 包厢。等我和妖孽赶到，推开门，看见桌子上摆着上百个一次性纸杯，每一杯都满满的，旁边是一堆空着的啤酒瓶。

北北坐在沙发上，手里抱着话筒，特自豪地冲我们抛来一个微笑。

妖孽张大嘴巴，问：“小丫头你受什么刺激了？”

北北笑说：“一杯酒一首歌，一首歌一杯酒！”

妖孽打个响指：“好，不过，还要加个条件，一杯酒一把真心话大冒险！”

北北把两粒骰子丢进骰盅里，微笑说：“好！”

那天我们把真心话大冒险玩成了真心话大爆炸。

玩到半夜，桌面上的酒喝掉三分之二。虽然一直是我们在喝，但北北还是率先趴在了沙发上，嘴里还在念叨：“喝！”

两分钟前，她正在畅所欲言：“你们知道东北人为什么喜欢打架吗？因为特冷，大家都懒得动嘴，就动手，麻溜儿打一架各回各家各找各妈，爽快！”

我无奈地对妖孽吐吐舌头，回头一看，北北睡着了。

–（7）–

妖孽说：“我一直以为北北是候鸟，从北往南，沿着一条轨迹寂寞地迁徙，最后随便找个枝头停下来。后来才发现她是一只飞蛾，生性擅长不怕死地扑火。只不过她的不顾一切只对自己，把自己感动得一塌糊涂，别人却一无所知。”

我想一会儿，说：“女人真傻。”

妖孽说：“女人是傻，这世上有三种女人，一种墨守成规，一种不顾一切。前者拿得起放得下，早就把爱情看得透透的。后者一身的少女情怀，爱就要天崩地裂海枯石烂，不生死与共绝不够爱。

还有另外一种，既带着少女情怀，又经历过世俗，心里同时装着魔鬼和天使，依旧相信美好又害怕一次又一次的失望。”

我说：“北北属于第三种。”

妖孽说：“智商通常都不怎么高，情商一般也不怎么样。”

我说：“你说得通俗点儿。”

她笑笑说：“傻姑娘。”

－（8）－

凌晨把北北扛回家安顿好，我和妖孽一起等车。

站在马路牙子上，她说：“女人还是女孩儿的时候，一般都会在心里为自己将来的白马王子画一幅像，也都有一个公主梦。但成长往往会给她们上很重要的一课，外来的声音会让多数女孩儿在心里明白一个道理：漂不漂亮，是一件很重要的事情；然后漂亮的越活越自信，丑小鸭越来越自卑。在北北心里，大概就住着这样一只丑小鸭。所以她没有选择变天鹅，而是变成一只寂寞迁徙的候鸟。”

我说：“其实北北也不难看吧。”

妖孽说：“当然不难看，而且还挺好看，但是没有人告诉她，她才一直这么想。”

我说：“那你告诉她。”

她摇摇头，说：“不用，北北这样的女孩儿，早晚有人懂得欣赏，就像一杯陈年老酒，时间越久越香气迷人，慢慢品，才能尝出其中的味道。”

车来了，我和妖孽简单地挥挥手告别。

-（9）-

回去的路上，我一直在想，刚刚北北喝醉酒后说的所有真心话，如果拼凑在一起，大概是这么一个故事：北北上中学的时候，偷偷喜欢上一个大她两岁的哥哥。然后，她初二，他高一。她高二，他大一。她大二，他考研。从东北海林到西安到长沙，在一个学校一年，然后分开两年，无限循环，直到规律被打乱。她努力两年追到长沙，发现他身边多了一个女孩儿。她又在长沙待两年，等他匆忙结了婚。于是整个过程没有一句表白的话，一个一无所知，一个一厢情愿。

一个人解决所有的问题，一个人上刀山下火海。

物理从不及格，却偏偏选了理科。台灯下哭过无数回，才勉强换来分数上的一点儿安慰。大学在图书馆待四年，前两年是为了遇见某个人，后两年是为了追上某个人。无论刮风下雨从不迟到，却还是晚了一步。

北北倒下前说的最后一句话是：我不后悔。

“我不后悔”这四个字，每个深爱过的人都会说。

有的人昧着良心，有的人心如死灰，有的人一无所有后悔也无能为力。但，有的人真的不后悔：不后悔曾经的怦然心动，不后悔一辈子死心塌地，不后悔真心换来虚心假意，不后悔痴情等不到结局。

青春是一本复杂的字典，我眼中的千言万语，是你眼中一个个单调的方块字。我把心事写在结尾，而你永远不会有耐心翻到最后一页。更不用说从这千千万万个方块字中，找出那唯一的三个字、组成最短的主谓宾俱全的一句话：我爱你。

所以，一厢情愿的，最后都低头走了。

–（10）–

半年后，北北辞职，说不喜欢深圳的节奏想换个慢一点儿的城市。

我问她想去哪里，她说厦门，或者杭州。

我说："虽然不知道厦门和杭州慢不慢，但是我支持你，你说得对，既然不喜欢就没有必要委屈，一味的将就只会让自己慢慢失去反抗的能力。"

她说："我也不知道是错是对，但有些事情不做会后悔一辈子。"

我笑说："知道你很固执，但以后要看开一点儿。"

她笑笑说："我很欣赏你说过的一句话，人生其实分成两部分。最近我一直在想，既然前半部分舍生取义，那，后半部分不如活给自己看。"

我说："加油，你一定可以。"

她又笑笑："但我有时候还是觉得伤感，就像你说的，毕业以后游戏规则全变了，以前的轰轰烈烈变成了岁月的一把灰烬。那些念念不忘的人和念念不忘的事，在念念不忘中突然就被我们忘掉了。好比我以前那么爱一个人，如今却连爱的感觉都忘了，真的连感觉都忘了。或许，这就是生活教给我们的吧。"

永远啊永远，它永远只是一句玩笑话。

－（11）－

离开前北北跟我说：“哈哈哈，我终于想明白啦，其实我恋旧恋的并不是他，而是过去那个单纯无知而又不顾一切的大傻瓜，就是我自己！”

我说：“加油北北，把过去那个自己找回来。”

她点头：“放心吧，我一定可以，你也要加油！在深圳这三年，你和小妖是我仅有的朋友。我在每一个城市朋友都不会超过两个，所以呀，彼此不可以忘记哦。”

我说：“那，也许难有机会再见面了，抱一个吧。”

她笑一下：“别整这么伤感嘛。”

说完走过来，轻轻和我拥抱一个，然后她踮起脚尖凑到我的耳边，很慢很慢地说：“你——要——过——得——比——我——好。”

我点点头，说：“但是，你要过得比我快乐。”

－（12）－

两年后，妖孽还在四处漂来漂去，北北在厦门安身立命。两个月前，她很少更新的朋友圈照片里，终于不再是一个人。

我发消息问她：“你男朋友吗？”

她回：“你猜猜看！”我说：“这么般配，肯定是。”她发一个调皮的表情，说：“哈哈哈，猜错啦，这是我老公！”

噗，嘴里的咖啡全喷在桌子上，我半天敲过去两个字：“挺帅。”

她很快回：“哈哈哈，帅吧？”

我笑笑，在想怎么回呢……

叮咚一声，北北说：“不和你说啦，度蜜月中！”

我：“美吧你！”

和北北聊天的时候，我刚出完差，坐在回去的火车上。

突发奇想，把 QQ、微信、微博签名全改成：

人生就像一趟列车，也许开不到你心中的目的地，但一定沿途停靠，总有一个站台属于你。总会有人陪你一起下车，牵起你的手，寻找幸福的出站口。

多年以后，你也会带上行李，走进开往异乡的火车站。

一个人东西南北地迁徙，在逃亡的路上，兵荒马乱。

然后找到方向，不再迷惘，学会坚强，努力去闯。

也许，男孩子都要路过无数人的故乡，女孩子都将离开故乡。你说你喜欢听海浪，却嫁给了山岗的圆月亮。你说你喜欢太阳升起，却在日出时哭得昏天黑地。没有人可以按照自己的意愿过一生，但换一个方向，也会有抵达幸福的路。

人生就像迁徙的鸟儿，飞出巢穴的那一刻，游戏规则就将发生改变。但不管千万里，都将回到巢中，总会有人对你点点头。

红尘做伴，只身打马过草原，眼前野花开成片。

宁愿像个孩子

-（1）-

相亲是门技术活。

去之前充满期待，见完面跑得比兔子还快。照片上明明是吴彦祖，饭桌上却坐着一“杀马特”。眼睛受莫大的委屈不说，还得僵笑着照顾对方自卑的小心灵。

这种时候最难的是说拒绝，最有趣的是怎么说拒绝。

夏夏外号“圣女”，三十一岁，架不住父母的夺命连环催，把但凡与父母亲人沾点儿边儿的别人家的儿子都相了个遍。

但她一直单身，甚至没人问她要过电话。

我一直想不通，夏夏其实长得还挺漂亮，工作也不错，为什么一直没人看上她。或者是她一直看不上人家，但大家都知道，夏夏很少瞧不起人。

直到后来，夏夏分享了她相亲的故事。

她说有一回遇见个诗人，在酒桌上吟诵："撑着油纸伞独自彷徨在，悠长，悠长，又寂寥的雨巷。我希望逢着一个，丁香一样，结着愁怨的姑娘。"

吟诵完诗人把手伸过来，想抓夏夏的手，夏夏躲开。诗人见这招不好使，从怀里掏出一本诗集，签完名递给夏夏，说："此乃鄙人拙作。"

夏夏灵机一动，说："我给您讲个故事吧：有一年大年初一，黄鼠狼肚子饿得咕咕叫，想找只鸡来填饱肚子。它眼珠子滴溜溜一转，想到它的老邻居，一只漂亮的母鸡。黄鼠狼于是穿上西装，装成一个绅士，去集市上买了一袋汤圆，去敲母鸡的门：'母鸡，母鸡，我来给你拜年啦！'"

诗人问："姑娘言外之意是？"

夏夏说："黄鼠狼给鸡拜年……"

诗人怒："唯女子与小人难养也！"

-（2）-

还有一回遇见个大男子主义者，上来就问："你还是处女吗？"夏夏想了想，问："你还是处男吗？"大男子说："不是，但男人不是'处'有什么关系？"

夏夏说："真脏，我拒绝和非'处'谈恋爱！"

大男子气急，差点儿暴走："你这个女人，简直不可理喻！"

夏夏笑说："你既然不是'处'，那肯定谈过恋爱咯。我猜，一定是你把人家给甩了，始乱终弃，嫌别人不是'处'对不对？你们男人呀，就没一个好东西，不是衣冠禽兽，就是禽兽不如！您是哪种呀？二选一，您选一个呗？”

大男子拍案而起，浑身发抖，面目扭曲。

夏夏说：“提醒一下，西餐厅诶，对于你这种不文明的举止，我表示强烈谴责！”

勉强吃完牛排，大男子强烈要求 AA（按人头平均分担账单）。

后来我和夏夏聊天，她说：“一个人活得不开心，大多是从勉强自己开始的。总是太在意别人的看法，处处勉强自己曲意逢迎，怎么会开心呢？”

一个人要想活得开心一点儿，首先得学会说“不”。

用她的话说，喜欢就是喜欢，讨厌就是讨厌，做个简单女子，干脆利落，大方真实。过自在生活，做自己喜欢的事，可以孩子气，但不幼稚。

夏夏只谈过一次恋爱，分手后一直一个人过，家里堆满大大小小的泰迪熊，三十一岁依旧喜欢看韩剧。性格阴晴不定，在人前风风火火，在家温顺得像一只小猫。陌生人面前冷若冰霜，熟人面前一身顽皮的孩子气。

她说：“我想以自己的方式活，哪怕会很寂寞。”

–（3）–

我和夏夏三年前认识，那时我给一家杂志投稿，她是杂志社的编辑。有一回夏夏找我聊天，说很喜欢我的一篇文章，故事里的姑娘和她很像。后来又在光谷遇见，一起喝了杯咖啡，慢慢就成了好朋友。

夏夏经常一个人上街推销杂志，据说经营不好，杂志卖不出去，为了生存下去，每到月底全社的人都要亲自上阵。

所以她经常顶着大太阳，提几大袋杂志和报亭的老板谈合作，一家一家跑，累得满头大汗。再卖不出去，就要一本一本降价处理或送人。

有一回在街上遇见，我说："夏夏，你这么累，我都不好意思要稿费了。"

夏夏笑说："哈哈，你要是过意不去，就多投几篇稿子吧！"

过一阵子我才知道，杂志社是夏夏和她闺蜜创办的，两个人都是文字爱好者。毕业后一起去上海，待了三年，觉得太累就一起回来创业。

当时我也有创业的打算，向夏夏讨教。

她告诉我说："抉择很难，但一定要开始。路很难走，但一定有路。"

我似懂非懂，后来有了经历，才慢慢明白她的话。

夏夏说："一个人想过理想的生活，就要有勇气冒一无所有的险。朝着心中向往的地方，追求不曾忘却的梦想，不仅不觉得累，还会热血沸腾呢。"

先出发，再慢慢摸索如何走，路，总会有的。

–（4）–

夏夏一直在为自己的杂志找出路。

一堆一堆地买书看，不停地上网找资料，有一回她惊喜地宣布：“哈哈哈，告诉你个好消息，功夫不负有心人，姐终于找到办法了！”

从那天起，夏夏开始一个大学一个大学地跑，和各个学校的社团谈合作。两个月的时间，几乎武汉所有的大学都拉上了夏夏杂志社的宣传横幅，上面写的是一句让人摸不着头脑的话：姑娘，你缺少一个真正的闺蜜！

端午节的晚上，夏夏又组织一批活动，讲述月亮与女人来大姨妈的种种联系。旁边摆老大一牌子：××× 杂志，女人的贴心闺蜜！

我越想越不对，问：“夏夏，你不会是想转型办一本女性杂志吧？”

她笑：“哈哈哈，你真聪明，我还专门为你想了个专栏名字呢，就叫‘邻家哥哥初长成’，你以后要试着写一些适合萌妹子口味的暖文，记住没？”

我大汗，求饶说：“你还是放了叔叔吧。”

后来一段时间，夏夏像是打了鸡血，和闺蜜分好工，一个做杂志，一个做宣传。每天穿梭在大街小巷，和形形色色的人打交道，从早到晚，风风火火。

但奇怪的是，她朋友圈更新的内容，永远与工作没一点儿关系。不是在哪儿哪儿吃到特好吃的小吃，就是哪儿哪儿特别适合逛街买衣服……

我很好奇，说：“夏夏，你好像很少提工作的事儿。”

她笑说：“哈哈，没事儿的时候我只干两件事儿，一件是看书，一件是敷面膜。每天看看书提升自己的内在，敷敷面膜保养自己的外在。”

我笑说：“哈，看不出来，你这么有品位。”

她笑得更开心：“哈哈哈，不仅如此呢，每晚睡觉前我还会总结一下自己，看看有没有为小事得意忘形，有没有做错事，有没有变浮躁，等等等等。”

我说：“夏夏，你越来越让我意外。”

她轻轻一笑：“之所以和你说这些，是因为在你那篇文章里看见一些相似的观点。尤其是那句‘我想以自己的方式长大，保留一点儿孩子气，时刻清醒做自己’。”

孩子气，是我一直以来的坚持。

–（5）–

半年后，夏夏的杂志越办越火，她也越来越自信。

但从某天下午开始，我发现她突然变得心事重重。无论是见面，还是发的朋友圈。有时候她会一个人来找我喝酒，也不说话，就静静地喝几杯就走。

10月末，天气开始转凉，有一回她稍微喝多了点儿，终于肯开口。但却让我目瞪口呆，她问：“怎么办，闺蜜要和我分手，怎么办？”

我深呼吸好几口，尽量装作淡定地问：“夏夏，你不会是……”

她一听火冒三丈，骂了我一顿。骂完晃了晃，一头栽在桌子上睡着了。

过两小时还没醒过来，我只好打车送她回去，等她稍微好一点儿才下楼。晚上彻底酒醒后，夏夏打电话给我，说：“呀呀呀，太丢脸了，竟然断片儿了。”

我说：“没事没事，失恋了断两回片儿很正常。”

她一听又火冒三丈：“失恋？姐才没失恋，姐是被人给算计了！”

我吞吞吐吐：“啊，这样，不是失恋啊，那就好！”

她愣一下，自言自语地说：“也对，其实挺好的，至少相比以前失恋时的感觉，要好受很多呢，嗯，是这样，我决定了。”

我彻底蒙了，疑惑地问：“夏夏，你决定什么了？”

她毫不犹豫地说：“明天你就知道了。”

第二天下午，夏夏打电话给我，宣布她离开杂志社了。

我“啊”一声，吃惊得说不出话。

后来过很久，我才了解一点儿内幕：杂志社办火以后，夏夏的闺蜜交了个男朋友，六七年销售出身，想以后结了婚把杂志社做成“家族企业”。

慢慢地，闺蜜开始不断提醒夏夏，工作室和商标注册人都是她自己，与夏夏没半毛钱关系。夏夏去辞职时，还被扣了半个月工资。

我叹口气，只能表示无奈。

–（6）–

夏夏说，当初她完全没注意这些东西，只想着好好把杂志做起来，也没想到最好的闺蜜有一天会和自己谈钱，而且是为了男人。

我说：“那你现在肯定很后悔吧？”

她意外地摇了摇头，说：“失望，但不后悔。”

我笑了笑，说：“你真大度。”

她也笑了笑，说：“你有没有发现，人特别容易钻进一个圈子里，被眼前的种种乱象迷失了初心，渐渐变得不像自己。打个比方，你天天想着涨工资，会慢慢忘了最初想的是创业。天天和身边的人为鸡毛蒜皮的小事儿钩心斗角，会慢慢忘了曾经的理想是干一番大事，证明给你爱的人看。”

我笑说：“哈哈，一句话说透了好多人。”

夏夏开心地和我碰个杯：“哈哈！知己！但是呢，如果换个角度，跳出圈子来想问题，就会发现困住自己的那些人和事，种种不甘和争斗，根本不算什么。”

我想了想，叹口气说：“但是大多人都不知道自己困在圈子里。”

所以圈子外的精彩，很少有人真正看得见。

夏夏说：“所以我想，还是算了吧，就不和他们争了。不管怎样，过去对我来说都是一种收获。既然留下不再快乐，那就重新开始干能让自己快乐的事。我不想被一些世俗的东西捆绑，更不想钻进一个圈子里永远出不来。”

我想起一句话：“知世故而不世故，才是最善良的成熟。”

我想，自己辛辛苦苦的果实被人窃取，而且最亲近的人背叛自己，换谁都不会善罢甘休。但结果呢，无论撕破脸还是闹上法庭，最后都是不欢而散。那，不如放下，与其把时间浪费在死胡同，不如跳出来干更有意义的事。

若干年后，也许你会发现当年压在心上的石头，不过是一粒沙子。

-（7）-

夏夏离开后不久，自己开了家小店，专卖尼泊尔的首饰。

相比以前，她学会了打扮，特别喜欢有生机的藏红色。而且更乐观阳光，笑起来像个十八九岁的小姑娘，但她已经年过三十。

夏夏从汉口搬家到武昌时，送我一堆旧杂志，从创刊到她离开前的最后一期。我无聊翻的时候才发现，有个专栏，以前一直是她在写。

里面有一篇关于她和初恋的故事。

夏夏只谈过一次恋爱，男友是大学同学，从大一到毕业，一谈就是六年。但是在打算见家长前两个月，男友突然提出分手，而且很坚决。

夏夏说："他说不爱了，就不爱了，好像六年的感情没发生过一样。我一直想不通，不是说两个人在一起久了会难舍难分吗，那为什么说不爱就不爱了？夏夏追问很多次，答案是：只剩下依存感，没激情了，所以爱不下去了。"

没多久，男友就有了新欢。

夏夏说，那是她最难熬的一段时间。最开始度日如年，一想到不久前还打算与自己过一辈子的人，突然与自己再没一点儿关系，胸口就开始痛。最害怕在傍晚、深夜或早上醒来，突然意识到一切都变了，痛得不能呼吸。

往后自欺欺人很长时间，拼命装作无所谓，秀自拍，发美食，想证明给他看自己不在乎。但每每看见他和现任一起秀甜蜜，还是会偷偷哭成大傻子。

直到半年后前男友突然宣布年底和现任结婚。

夏夏的心理防线彻底崩塌，在家里躲了一个礼拜，每天缩在床头哭，连呼吸都发抖。拼命听情歌，越听越难受，越难受越想往下听，边听边哭。

直到一句歌词让她掉下最后一滴眼泪：谁会让你偶尔想要拥他在怀中，谁又在乎你的梦，谁说你的心思他会懂，谁又为你感动？

夏夏说，女孩儿，得对自己自私一点儿、好一点儿。

－（8）－

一个礼拜后夏夏从家里出来，笑容和阳光一样灿烂。

她说，说不上为什么，人一旦悲伤到了极致，反而会突然触底反弹。莫名地自我治愈能力特别强，相信一切美好的实物，看得透了，反而释然了。

后来，对工作，对爱情，对生活，夏夏一向如此：不卑不亢，独立干脆，顺其自然；上得了厅堂，下得了厨房，生人面前优雅果断，熟人面前天真孩子气。

她很喜欢一句话：宁愿像个孩子，不想看太多的事，听太多的不是。只想做喜欢的事，坚持自己的坚持。无所谓幼不幼稚，守着初心，单纯一辈子。

后来，这句话也成了我的座右铭。

夏夏的小店叫“岛外”，生意一般，但完全养得活自己。

后来我们聊天，她开玩笑说，将来想嫁给一个有点儿孩子气的“男孩儿”。

我笑说：“哈哈哈，你心中的‘男孩儿’一定很可爱。”

她说大概是这样的：不抽烟，可以偶尔喝点儿小酒，但不能醉得不省人事。有担当，不说谎，善意的谎言也不行，但必须幽默有情趣，和他在一起要能感到轻松愉快。还有可以不帅，但必须有气质，尤其是人格魅力。还要经常笑，尤其是和自己在一起的时候，要露出大白牙，笑得像花儿一样好看……

我说：“好吧，你慢慢找，也许会有奇迹。”

她说：“什么叫也许会有‘奇迹’呀？说的好像我在做梦一样！哼！”

–（9）–

半年后，夏夏证明她不是在做梦，有一天我卧在沙发上看电视，无聊刷着朋友圈，突然看见她早上刚秀的恩爱。

我评论说：“哇哇哇，真的假的？”

她回：“废话，当然是真的！”

我说：“好吧，果然林子大了，什么样的鸟儿都有呐。”

她怒骂：“滚，你才是鸟！我男朋友是大鹏金之鸟！”

我冷汗，大鹏金之鸟，好像也是一种鸟。

夏夏恋爱了，她喜欢上一个乐队主唱。

后来，夏夏经常带主唱来和我们一起“浪”。他是个比夏夏小两岁的大男孩儿，仗义幽默，特能活跃气氛。十七岁开始玩音乐，坚持到现在，唱不出名气，就自己开了个酒吧，一边养活自己，一边干喜欢的事。

她心中的“男孩儿”的确存在呢。

夏夏说，恋爱会让世界变小，爱上一个人就不再关心其他的一切。失恋会让人暂时性失明，失去一个人就像失去全世界。但你一定会挺过来，发现自己远比想象中强大。然后你要努力让自己变得更优秀，优秀到他高攀不起。

那，自然会有更优秀的人接替他，为你的幸福埋单。

三十二岁生日的晚上，夏夏终于戴上了戒指。

不久，小两口快快乐乐去尼泊尔旅游。

夏夏在朋友圈晒的照片里，有一张他们一起站在山岗上，摆着泰坦尼克号里的经典动作，脸上挂着温暖的笑，正准备驾着滑翔伞一跃而下。

还有一句配图的文字：宁愿像个孩子。

我一直在流浪，可我不曾见过海洋

-（1）-

命运，究竟是怎样一回事?

假如这世上从来没有你，我就不会遇见你。假如没有遇见你，就不会有那么多痛苦的回忆。假如没有这么多痛苦的回忆，那我的生活也许会快乐许多。

但一切就这么发生了，遇见你，爱上你，失去你，把你深埋在心底。

命运就像一列在光阴里穿梭的火车，从起点开往未知的尽头，你不知道什么时候开进山川，也不知道什么时候会遇见草原。但你一定知道，美好的东西总是很短暂，路过的风景停在风里，回头已不是从前。

命运于我们，就像那推倒多米诺骨牌的手。

-（2）-

苏三骄傲高冷，凛然一身，很少对人笑。

她在钟鼓街的二楼开了个卖化妆品的小屋子，门面很小，但生意还不错，大概所有去买化妆品的女人都想变得和苏三一样漂亮。

苏三今年二十八岁，未婚夫很有钱，叫朗朗，是一家酒店的老板。苏三和他认识差不多四年，从不主动提钱，但如果他主动给她，她也从不拒绝。

因为苏三也是个小富婆，高中毕业出去打工，由于唱王菲的歌足以乱真，在广州各大酒吧跑场。三年挣了二十几万，却没想到老家里流言满天飞，不得已逃到武汉。

朗朗性格阴晴不定，时而忧郁，时而爱发脾气。喜欢抽烟，一天最少两包，不过苏三也抽，所以两人在一起，经常一抽几小时不说话。

那年 10 月末，朗朗向苏三求婚，抽完一支烟，很简单的一句：“嫁给我吧！”

苏三也抽完一支烟，比朗朗更简单，只有一个字：“好。”

等到 11 月，离婚礼还有一个礼拜，朗朗抽完一支烟，说：“我们分手吧。”

苏三这次没抽，笑了笑，点头说：“好。”

-（3）-

朗朗离开后，苏三靠在门上，颤巍巍地点上一支烟。

当时正赶上傍晚，从我的角度望去，是苏三凹凸有致的剪影，火红的嘴唇和一轮如血的夕阳，几缕黑丝在她冷漠的眼神前袅绕地升起。

后来这个画面，永远定格在了我的脑海里。

半个月后，我才零星知道一点儿，原来朗朗和苏三分手，是因为“未来婆婆”不知从哪儿打听到苏三以前在酒吧唱过歌，是个挣够了钱从良的妓女。

苏三说：“他问我，你究竟有没有做过妓女，我没有力气回答。他发疯般对我吼，我只好点头。他说永远不会原谅我，我说，那，滚吧。”

我张着嘴巴，惊讶得说不出话。

苏三笑一下，问：“你是不是也想知道我究竟是不是妓女？”

我回过神来，连连摇头说不。

苏三心情很糟的时候喜欢抽烟，更糟的时候就喝酒，朗朗和她分手那晚，是我第一次见她喝高，凌晨两点多关门，发现她一个人坐在门口的台阶上。

我吓一跳，吁一口气，在她旁边坐下，问：“没事吧？”

她摇了摇头，捋一下刘海儿，说：“刚喝醉了，这会儿清醒不少。”

我想了想，问：“要不要进去坐会儿？”

她笑一下，抬头望着天空说：“月亮真圆。”过一会儿，她继续说：“你发现没有，长大后，我们好像把月亮忘了，偶尔看见一回，就会想到一些伤心的往事。”

我也抬头，月亮挂在屋顶的夜空上，圆得没有缺口。

两个人同时对着月亮沉默一会儿，苏三先开口，说：“我老家在一个小县城，小时候家里一样电器也没有，只有电灯，奶奶为了省钱，晚上很少开灯，所有人坐在院子里乘凉，夏天经常一坐就坐到很晚。记忆中月亮总是很圆，而且到了凌晨，天上的星星特别多，流星也多。我就觉得这是一个秘密，后来呀，我只和最好的朋友分享：只要到了凌晨天上就会下流星雨。”

我发一会儿呆，说：“听说你高中毕业就出去打工了。”

她微微一笑：“爸妈离婚后，很快都有了新的家庭，我跟着奶奶长大。高二的时候奶奶的身体就很差了，毕业时我想，我要抓紧时间挣钱，我要孝敬奶奶。”

我叹口气，问：“苏三姐，今天一定很难受吧？”

她抽完一支烟，狠狠踩灭，笑说：“小时候家里一只黑猫死了，我哭了一个礼拜。”

我沉默片刻，问：“你们认识多久？”

她想一下，说：“呀，掐指一算，三年零八个月。”

–（4）–

两天后的晚上，我又在酒吧门口遇见苏三，她一只手提着酒瓶，一只手夹着烟，见我坐下，一笑说：“这地儿真好，整条街就这里看月亮最没遮拦。”

我抬头望一眼，月亮缺了个角，已经不像前天晚上圆得那么彻底。

苏三把烟头弹灭，说她想了好久，还是决定离开这个她原打算待一辈子的地方。

我问："为什么？"

她说："就是不想待了，触物伤情，害怕变得不像自己。"

我又问："苏三姐，你为什么不解释清楚？"

她笑了笑，问我："解释什么？"

我沉默一下，说："你不是妓女呀。"

她愣一下，把酒瓶放在地上，良久才开口："也许是我的想法太过天真，但我真的想找一个不用一些废话解释也选择相信我的人。我抽烟，喝酒，说脏话，肯定不是个好女人。但我的爱是干净的，完整的，全心全意的。所以，全世界骂我抛弃我不相信我都没关系，但，不可以是你，否则我就真的一无所有了。"

我呆很久，问："那，你打算去哪里？"

她又点上一支烟，深深地摇了摇头。

-（5）-

两周后，苏三的店门口贴上一张转让的广告。

我去十字街找老李，在路口看见一个男人跪在一个女人面前，一大群人围在旁边看热闹。我在想，不会是苏三姐吧？跑过去一看，真的是苏三姐。

跪在地上的是朗朗，手里举着一个小小的盒子，盒子里有一枚小小的戒指。我乍一想，应该是求婚吧。突然又发现不对，苏三和朗朗是订过婚的。

因为是秋天，街上的风很大，飞沙走石，苏三穿着风衣站在人群中央，双手静静地垂着。如果看仔细一点儿，就会看见微微的颤抖，但不像是要抬起来。

又过一会儿，两行眼泪从苏三脸上垮下来。

朗朗把戒指举高一点儿，苏三的手终于动了，但不是抬起来接下戒指。而是颤巍巍地从口袋里掏出一个墨镜，飞快地戴上，小声说了句“对不起”，掉头走了。

围观的人群发一会儿呆，叹口气，一哄而散。

朗朗还跪在地上，秋风扫着落叶。

－（6）－

我想不通，为什么朗朗决绝了又反悔，苏三还爱着却不点头？

想了一周也想不通，我把问题发到网上，问所有人：是不是说了分手，就不能回头？

有人说好马不吃回头草；有人说世上没有后悔药；也有人说，并不是分手后不能再回头，而是爱得不深还没爱进骨子里，或者一开始就不合适。

我想，如果订了婚也不算，那什么叫爱进骨子里呢？

半个月后，苏三唯一的闺蜜小凡，来酒吧喝酒时给了我答案。

小凡说：“朗朗为了搞清楚苏三到底做没做过妓女，几乎把苏三身边的人都问了个遍。甚至穷追猛打，一遍又一遍地问了她近两周。最后还是不确定，就买了张机票飞到广州，跑到苏三原来工作的酒吧去问，回来后就开始苦苦求复合。”

我说："看来朗朗很爱苏三，大概是一时想不明白走进了死胡同。"

小凡冷笑说："这种无脑自私的男人，谁要谁傻。"

骂完，她从钱包里掏出一张照片，上面是她和苏三的合影，旁边站着个小帅哥。她望着照片，讲故事一样说："过去我们三个是同桌，这个男生叫小北，是苏三的初恋，高中毕业后我和小北上大学，苏三一个人去了广州。大二的时候，小北和苏三分了手，是小北劈的腿，他在贴吧钓到一妹子，而且瞒了苏三很长时间。"

我叹口气，推一杯鸡尾酒过去，听她继续往下说。

小凡说一声"谢谢"，接着说："那时候苏三是个活泼可爱的小姑娘，每个月的工资分三份，一份寄给奶奶，一份自己用，还有一份给她的小男友买礼物，我给你说说买了哪些东西，有手机，有笔记本电脑，还有数不清的衣服和鞋子。"

我忍不住打断她，叹口气说："苏三真傻。"

小凡把照片塞进钱包，冷笑一下，说："你们男人都不是东西，吃着嘴里的望着锅里的。明明是腻了，还反咬一口说累了，你一个大男人有脸说'累'字吗？"

我说："好吧好吧，男人确实没资格说'累'字。"

－（7）－

到了凌晨，酒吧里人已散尽，小凡提着包站起来，说："最后再告诉你一件事情，小北和苏三分手不久，苏三的奶奶也没了，她就是从那时候起学会抽烟的。”

我呆住一会儿，直到小凡走到门口才想起来，问：“苏三是不是快走了？”

小凡停下来，扭头说：“明天上午的航班，我现在去她店里，你去不去？”

到了店门口，发现苏三把门开着，她自己坐在桌子上，抱着腿侧着头望着窗外。店里收拾得很干净，没有开灯，但是窗外的月光洒在地上，一切都很清晰。

我和小凡轻轻走进去，苏三回头看一眼，笑说：“呐，月亮真圆。”

三个人断断续续聊很多，苏三突然问：“你们想不想知道我究竟是不是妓女？”

我和小凡同时摇头，小凡叹口气说：“唉，世俗真累。”

苏三反而不在意，望着窗外的月亮，说：“那一年，除了奶奶，所有人都在猜测我挣的钱是来自某个男人，或某些男人。但是我真的没有力气解释，我已经那么累了，我只是想让自己和奶奶过得好一点儿。我从来没告诉过别人，我在广州跑场的时候受过多少委屈，被扇过耳光，被泼过凉水，甚至有人把小费往我胸罩里塞。但我还是拼命为小北守住了该守住的一切，尽管，我活的并不光彩。”

我和小凡望着她，都说不出话。

苏三笑一下，轻轻倚在墙上，自言自语：“月亮缺了，总会有再圆的一天。人丢了，却再也找不回来。就算找回来，你也不是从前的你，我也不再是天真的我。”

－（8）－

天快亮的时候，苏三第一次唱歌给我们听。

“白月光，照天涯的两端，在心上，却不在身旁。擦不干，你当时的泪光，路太长，追不回原谅。”

唱完歌，她拖着一个小小的行李箱下楼，我和小凡送到路口，看着她一步一步走远。

身后是满地的月光，和她长长的、孤苦伶仃的影子。

离开的时候你说祝我幸福，却不知道等着我的是一场逃亡。离开的时候你说从此不要再联系，却不知道删掉的号码永远存在记忆里抹不去。

我知道，每个人心里都有一只船，载着你逃亡。

有一种悲伤，永远停靠，一到黄昏就爆发。

我一直在流浪，可我不曾见过海洋。我一直在寻找，可我总在迷失方向。我一直在幻想，可现实里没有天堂。

我不放弃，因为我还剩下坚强。

－（9）－

再得知苏三消息时，她已经结婚一年。

小凡说：“苏三离开后一路向北，在哈尔滨遇见一见如故的人，第二年春天就结了婚。前不久刚生完小孩儿，丈夫是哈工大的博士，为人踏实上进。”

我说："学历这么高，和苏三能有共同话题么？"

小凡说："放心吧，苏三正在攻读哈工大的成教本科。说完她发给我一张照片，照片里苏三挽着丈夫的胳膊，站在冰天雪地里，脸上挂着灿烂的笑容。"

我看许久，问小凡："那你呢？"

小凡说："哈哈，我也结婚了，让你失望了吧？不过说实话，我还得感谢苏三，她让我明白很多道理，比如要爱得起也要放得下，比如转了身就别再回头。"

我说："你们都幸福上啦，真好哇。"

回头望见窗外，下雪了。

冬天的时候，伤心的故事总是很多。

好比我们的青春，匆忙中被一场大雪掩埋，似乎前一秒还在操场上奔跑，转眼就站在陌生的街头。

世事如书，早晚翻到最后一页，所以你，千万别回头太晚。

苏三依旧是我见过最坚强的女孩儿。

只是"坚强"这个词，却包含太多。有些东西，是我也说不清的，比方说，微笑时的眼泪，决绝后的反悔，热闹下突生的悲凉，绝境里的狂笑不止。

人生在世，不管你愿不愿意，总要去面对。

有些人离你而去，有些路颠沛流离，有些故事永远没收尾，有些期待永远不会在终点等你。

但并不代表，一定不会有温暖的结局。

错过了，不代表下一次的相遇不美丽。狂风暴雨，不代表明天不会阳光万里。

总有一个人的出现，不早不晚，不偏不倚。

苏三说，你若爱得起，我便不离不弃。你若放得下，我便转身不回头。无论黎明或是夜晚，无论安居乐业还是颠沛流离。

至少我不能允许，我拼尽最后一点儿勇气去爱你，却卑贱到骨子里。

再见，旧时光

-（1）-

高中有个同桌叫柯小亦，我一般叫他柯小贱。

2011 年夏天，柯小贱说：“大学是天堂。”

我好奇地问：“什么样的天堂？”

柯小贱甩甩头发，说：“风景优美，小桥流水。穿白裙子的美女，长发飘飘的淑女。辅导员是刚毕业的小年轻，叫导师的老头可爱、可亲。”

到了大学才知道：穿白裙子的大多不是美女，美女往往穿的超短裙；淑女不一定长发飘飘，长发飘飘的往往吓死个人；刚毕业的小年轻脾气很大，军训第一天摔东西让全体蹲下；叫导师的老头的确很可亲，可是一学期不下讲台啊。

我说：“柯小贱，你骗人。”

柯小贱笑笑：“哪有，是你人品不行。”

直到有一天，站在楼顶，眺望远方，眺望夕阳西下，雾霾笼罩着天空，天空下是车水马龙的城市。

突然想清楚，世界再大，属于你的，永远只是一个小小的角落。

身边的人再多，看夕阳的时候，也只想一个人静静待着。

这个时候进贴吧，看见学弟学妹问："大学是不是真的是天堂呀？"

我灵机一动："是呀是呀，大学就是天堂呀。落霞与孤鹜齐飞，秋水共长天一色。卷絮风头寒欲尽，坠粉飘香，日日红成阵。"

学弟学妹很好奇："真的呀？"

我："真的！天上人间！如诗如画！"

–（2）–

军训过后不久，天花乱坠的社团招新开始。

我报了音乐社。

社长："为什么报我们社？"

我："我喜欢音乐。"

社长："为什么喜欢音乐？"

我："听过张学友没？"

社长："听过。"

我："周杰伦呢？"

社长："当然。"

我拍拍胸脯："我的梦想是——成为继张学友、周杰伦之后的第三人！”

社长：“下一个。”

高中读四年，以一百五十来分的微小差距与清华擦肩。

军训一结束，早一年上大学的同桌柯小贱来找我。

玩累了去麦当劳休息，贱人以为我刚从小县城出来没见过世面，于是一本正经地说：“其实麦当劳没什么好吃的，就是猪蹄儿还不错，你待会儿点两个尝尝！哦，对了，你不是喜欢喝茶吗，这里的碧螺春挺香的，武夷山云雾也不错！”

服务员：“你好，请点餐。”

“两个猪蹄儿一壶武夷山云雾。”

服务员张大嘴巴：“啊？……先生，对不起，我们这里、没有……”

“我说吧，我说吧，这下该相信了吧？”我大分贝，一脸无辜地盯着柯小贱，转而对服务员美眉回眸一笑，“不好意思姐姐，两杯可乐，四个中薯……”

–（3）–

2010年，曾经，每个夏天都一样。

窗外的天空总是被洗过一般，云淡风轻，万里浅蓝，阳光在上面摊上一层淡淡的金黄色。

树荫躺在火辣辣的水泥地上，被渐渐拉长。偶尔落三两片晒黄的叶子，铺满小路，被微风吹成了呢喃。

六七十人的大教室，书本堆积如山。旧风扇吹着课桌上死气沉沉的习题集和试卷，时而不小心翻上一两页。

同学们昏昏欲睡，老师无精打采地坐在讲台上。时不时吹来一阵灼热的下午风，吹起白衬衣和女生的长头发。

同学们低着头，偶尔抬起来，偷瞄一眼心仪的那个人。

不知不觉中熟悉的铃声突然响起。

不知不觉中紧锁的心扉渐渐打开。

不知不觉中漫长的时光变得悄然。

2010 年 6 月柯小贱和宋小惠毕业，我复读。

等成绩期间，柯小贱患肺癌的爸爸永远离开了他。

填志愿的那天下午，阳光一如既往地矫情。

临近傍晚的时候，天边浮起一片绯红的晚霞，沿着地平线无止境地向两边延伸。紫薇山上的紫薇花落幕不久，凋零在那个美丽的 6 月里，在岁月的风尘中揉成一撮余味未尽的泥土。

记忆中那是一个温馨的傍晚，因为离别，又无限伤感。

柯小贱：“以后我只有小惠。”

我：“不对，你还有个姐姐。”

柯小贱：“姐姐早晚有一天要嫁人。”

我：“那你还有我。”

柯小贱：“你算个屁。”

我：“重色轻友。”

柯小贱：“你又不是才知道。”

我：“我有个办法让你姐姐永远不离开你。”

柯小贱：“扯，什么办法？”

我：“把你姐姐嫁我。”

柯小贱：“滚。畜生。”

后来，宋小惠出现，我和柯小贱匆匆用眼神告了别。

离别，从来不是一件漫长的事，漫长的，是等待。

柯小贱很瘦，背影在夕阳下显得很萧条。旁边的宋小惠很小巧，背着黑色的背包，紧紧地贴着柯小贱。

我站在身后，目睹他们手挽着手，一起消逝在 6 月的傍晚。

如今，我不知道他和她还记不记得那个美丽的画面。

但至少在我心里，是一个永远的定格。

-（4）-

2011 年的冬天，是在一场大雪中来降临的。

那年的柯小贱稍微长高了一点儿，原因是宋小惠小朋友送他一双内增高的网球鞋。

柯小贱的生日，我无辜地成了锃亮的大灯泡。

傍晚的江滩，雪下得不大，但一阵阵的寒风吹得撕心裂肺。

宋小惠突发感想：“小贱，我要是跳下去，你会不会陪我？”

小贱：“当然会，你死了我怎么办？”

小惠：“我死了你不照样娶妻生子在这世上苟且？”

小贱：“才不会，你死了我绝不偷生。”

小惠：“你发誓。”

小贱：“我发誓。”

小惠：“讨厌，我想吃甜筒！”

小贱：“拜托，这是冬天。”

小惠：“我就要吃甜筒！”

小贱：“乖，别闹。”

小惠带着哭腔：“甜筒！甜筒！”

小贱：“妞妞不哭，我这就给你买。”

我站在旁边，瓦数放大一百倍。

2012 年暑假，班上有个女生办了休学。

没过几分钟，回家结婚的八卦就在班上传开。没过几天，婚礼的照片传进群里。没过几个月，怀孕的喜讯又传了出来。

一切，终究抵不过时光。

2012 年的夏天，学空乘的宋小惠迎来了实习。

火车站的广场上，夕阳一下子苍老许多。

我站在路口，望着紧紧拥抱在一起的柯小贱和宋小惠。突然想起两年前的那个 6 月。同样的故事，不同的时间和地点，一样的伤感。

终究是逃不掉，再多的眼泪也无济于事。

宋小惠拖着行李，一共转了两次身。一次是检完票走进门口的时候，一次是快要走上电梯消失在转角的时候。

柯小贱踮着脚尖，一动也没动。一直到宋小惠消失了很久，到眼前只剩下一片陌生的人群，到夕阳不知不觉中沉入地平线。

回头的时候，柯小贱已经是满脸的泪水。

回去的时候，柯小贱一直是满脸的泪水。

“她说会一辈子等我。”

“相信她。”

“我也会等她一辈子。”

“相信你。”

“我们早晚有一天会在一起。”

“相信你们。”

我说，只要相信，时间不是问题。我说，只要相信，距离也不是问题。

我忘了说，一旦失去信任，时间和距离都成了问题。

“她说会一辈子爱我。”

“相信她。”

“我也会爱她一辈子。”

“相信你。”

“我们会一辈子相爱。”

“相信你们。”

我说，只要相爱，风雨过后就会是彩虹。我说，只要相爱，就会有一个充满希望的明天。

我忘了说，一旦不爱了，风雨过后可能是黑夜，明天可能只剩下失望。

半年后，柯小贱和宋小惠久别重逢。

三天后，柯小贱突然来找我。

“我觉得小惠变了。”

“哪儿变了？”

“她说普通人才吃甜筒，不普通的要吃哈根达斯。”

“哈根达斯是什么？”

“你是普通人没必要知道。”

“滚。”

“她说李维斯和美特斯邦威都是穷人穿的，普拉达和迪奥才叫高端。”

“那你还不把美邦脱掉？”

“脱个屁，我连李维斯都没穿过。”

“我也没穿过。”

“我觉得小惠变了。”

“我知道。”

“我觉得小惠真的变了。”

“那你还爱她吗？”

“爱。当然爱。”

“那她还爱你吗？”

“不知道。”

–（5）–

2010年除夕，柯小贱发短信说：新年快乐，开开心心过大年！

2011年除夕，柯小贱发短信说：新年快乐，恭喜发财红红火火！

2012年除夕，柯小贱发短信说：新年快乐！

钟声敲响，2013年在一片鞭炮声中悄然而至。

我站在门口，仰望夜空中绽放的烟火，突然就湿了眼眶。

总觉得农历的新年才是真的新年，农历的新年却不知不觉中走远。总觉得新年新气象一定会有新的希望，却渐渐明白除了长大一岁，一年过去不过又是一年。

总觉得，总以为，人生就这样，物是人非。

曾经我也是盼望过年的孩子，却在转眼间，无言以对。

2013年5月，柯小贱开始实习。

这一次告别，终于只剩下我和他。晚风微凉，落日绯红。火车站的广场一如既往人来人往，水泥地依旧很荒凉，留不住的依旧是时光。

“她在哪个城市？”

“厦门。”

“你呢？”

“深圳。”

“为什么不去找她？”

“说不清。”

……

“那再见。”

“再见。”

“回去吧。”

“小心。”

–(6)–

2013年，冬。

元旦前夕漫天大雪，一夜之间，染白了大街小巷。

冷空气从千里之外的西伯利亚汹涌而至，狠狠地扇了人们一记耳光。

下午，关于雪灾的报道便纷至沓来。

一年多不见的柯小贱终于回来，为了欢迎，我请客去“麻辣小屋”吃火锅。

窗外特别黑，北风呼啸，纷纷扬扬的大雪被霓虹切割成一个又一个斜面。

柯小贱同学突然沉默起来，望着窗外一言不发，偶尔的笑也显得很艰涩。

“我们分手了。”

“我知道。”

“怎么知道的？”

“什么时候的事？”

“两个月前。”

“为什么？”

“哪有那么多为什么。”

“总得有个经过吧。”

“没有经过。”

……

“后不后悔？”

“不后悔。”

“想不想把她追回来？”

“不想。”

“一个决定，可就是一辈子。”

“我知道。”

“真的就，算了？”

“算了。”

“一句话？”

“不然呢？”

柯小贱盯着手里摔破屏的小米 2，艰难地挤出一个笑容。

“毕业一年，什么都变了。”我说。

“嗯。”他漫不经心。

–（7）–

2013 年的柯小贱，我盯着他，无话可说。

转眼间，新年将至，红红火火。

柯小贱有个姐姐叫柯小乔。

高中时我常开玩笑说，想当年，金戈铁马，小乔出嫁了，使我不得开心颜。

2013 年的腊月，小乔真的出嫁了。

但我并没有不得开心颜，不得开心颜的是柯小贱。因为柯小贱不仅失去了姐姐，也在突然间彻底失去了宋小惠。

宋小惠被人娶到了山东，一切发生得太快，快到只能用一个词来形容：人生如梦。

柯小贱打电话给我，醉得一塌糊涂。

“爱情是什么？”

“你喝醉了。”

“爱情是什么？”

“你哭了。”

“爱情是什么？”

“爱是一场风花雪月的童话。”

“你闭嘴，我是认真的。”

“爱是一场生离死别的悲剧。”

“你闭嘴，我真的是认真的。”

“爱情是，相信、相容和相守。”

“我一直相信她。”

“从来没过怀疑？”

“我一直包容她。”

“大事小事？”

“我一直在等她。”

“却没去陪她。”

“你相信爱情吗？”

“相信。”

“我不相信了。”

“我懂。”

“我再也不会相信爱情了。”

“我懂。”

“你懂什么？”

“你变了。”

你变了。

我也是。

青春是赌注，时光是赌场。有人下注，嘴角上扬。有人落泪，孤独离场。

2014 年转眼就来。

2 月。

在光谷的天桥上，遇见当年淘汰我的音乐社社长，抱着一把吉他嘶吼《北京，北京》。

没有汪峰的苍凉但把罗大佑的破锣嗓子发挥到极致，一瞬间让我热泪盈眶。

5 月。

当年休学回家的女生女儿满周岁，把照片分享到群里，大家纷纷祝福，差点儿都忘记——生儿育女，传宗接代，有人领先一步，有人惶恐至极。

6 月。

高考结束，贴吧变成美梦天堂。

小弟弟小妹妹萌萌哒地问："大学漂不漂亮呀？是什么样子的呀？是不是真的是天堂呀？"

学姐："学姐热情大方，学长善良呆萌！"

学弟学妹："哈哈，真的呀？不是说防火防盗防学长吗？"

学长："瞎说，学长都是温柔善良萌萌哒！"

我笑笑，萌萌哒地点一下红叉。

7 月。

堂姐结婚，我回去参加婚礼。

终于再见到那年 6 月的紫薇山，可惜错过了花季。幸运的是，傍晚的夕阳一如既往地美，一轮沧桑的绯红差点儿惹出我的眼泪。

一对一对的小情侣小心翼翼地走过，迈着轻盈的小碎步。

让我情不自禁想起那年的柯小贱和宋小惠。

手牵手，肩并肩，匆匆走过那三年。

10 月。

挥手最后的大学时光，流浪到远方。

风吹着过往，雨下着忧伤。该分手的分手，该逃亡的逃亡。无情的笑成白痴，多情的哭成傻瓜。路接着往下走，人再也回不去。

再见，青春。再见，旧时光。

2

爱让人一夜长大

你努力去爱的样子，又孤独又美好

只有一件事，陪你看永远

-（1）-

小小的 QQ 空间终于更新了。

她说：“过去常听人说，我放不下的其实不是你，而是和你在一起时养成的习惯。可是这些年我已经放下所有习惯了，可我还是放不下你。”

我突然想到，小小已经很久没有发过说说了，她的上一条说说还停在 2012 年的冬天。

“笑一下转身而去，抬头望着天空找勇气，告诉自己不再喜欢你，可是风太冷，抱着肩膀哭成大傻子。”

那天是她和羔羊分手的日子。

而在此之前，她的空间仿佛蜂巢一样布满了蜜。只是转眼间，时间已经过去了快四年，我想，俩人复合的可能性大概为零了吧。

羔羊是小小的初恋男友，真名叫高扬，小小说太难听就帮他改成了羔羊。

小小和羔羊都是我的大学同学，但他俩认识比我早，在高中时羔羊就喜欢小小，后来一路追到了大学。

羔羊向小小表白的场景，被我们津津乐道了四年。

后来羔羊总说，那时的自己真是个愣头青啊。

新生报到的第一次晚会，羔羊站在讲台上自我介绍完毕后，突然从背后掏出一支玫瑰，紧张大胆地问："周小小同学，你说过如果我们能进同一所大学，你就答应做我女朋友的。现在一切都如愿实现了，你愿意做我女朋友吗？"

教室里发出一声很大的"哇哦"。

顺着羔羊的目光，全班齐刷刷望向角落里低着头并且用头发彻底遮住脸的女生。半天没见动静，大家都开始瞎起哄，吆喝声一浪高过一浪……

突然低着头的女孩儿一拍桌子，率性地站起来，掀开头发，抬起手，指着讲台上的羔羊一声令下："下来！"

教室里顿时安静，都以为这姑娘要发怒，结果她缓缓补充到："你就是我男朋友了！"

"下来，你就是我男朋友了！"

–（2）–

原来是这样……

但羔羊和小小的爱情，并没有一开始这么浪漫。在我和羔羊做室友的四年里，他和小小分分合合吵吵闹闹一直矛盾不断。

第一次是羔羊去网吧通宵玩游戏，早上回来遇见在小吃街买早餐的小小，两人因羔羊成不成熟的问题大吵一架，冷战两周，一不小心闹到分手。

分手后羔羊在宿舍听一周陈奕迅，有一晚突然崩溃大哭，幡然悔悟去找小小认错，许诺重新做人，小小思考两天，答应和好。

当晚我们在宿舍开啤酒 party（聚会），庆祝羔羊把耳朵快听出茧子的《爱情转移》换成阿牛的《桃花朵朵开》。

还有一次分手至今让我大跌眼镜。

俩人去汉口听周杰伦的演唱会，回来羔羊一言不发。后来我才知道，演唱会听到一半他俩就分手了，原因是羔羊不知道周杰伦喜欢粉色，买了四支蓝色荧光棒。结果周杰伦唱《轨迹》时小小突然哭了，说“羔羊你根本不懂我，我们分手吧！”

这次分手持续了一个月，打破了他俩分手时长的记录。

不过俩人和好后，总感觉再没有之前那么亲腻了。

和小小约完会回来，羔羊经常会在宿舍发呆。有一次他不小心提起，小小总是抱怨他不够成熟，一堆缺点，说了记不住，改也改不完。

但我总觉得，羔羊对小小真的不错。

比如向小小许诺后，他就再也没去网吧通过宵。为了买两张周杰伦演唱会的前排门票，每天中午吃泡面，吃了快半学期。每次和小小闹矛盾总是一个人沉默很久，无论因为什么最后都会去乖乖认错。

小小挑的小毛病，他也一直很努力地改正。比如去超市掀开帘子，要等小小进去再放下。因为他总是记不住，就记在一个小本上，每天默背一遍。

等到大四，已经密密麻麻记了一整本。羔羊成熟许多，和小小之间的小吵小闹已经很少很少，但也越来越沉默，再不是那个站在讲台上大声表白的男生。

羔羊终于还是和小小分手了。

-（3）-

吃罢毕业饭的晚上，在操场的拐角，喝醉了的小小问喝醉了的羔羊："我们先分开一阵好不好？"

羔羊似乎早就料到会有这一刻，愣了愣，点了点头。

小小发一会儿呆，回头走了。

等小小慢慢走远，羔羊终于忍不住，蹲在地上像个孩子一样哭起来。

羔羊在我之前离开学校，离开那晚给我打电话，说他在火车上，想去广州瞧瞧。最后他说，床头有一个小本子忘了带，让我先帮他存着，但是不许偷看。

我说："是你记自己缺点那个本子吗？"

他自嘲地说："是啊，那么厚一本，难怪会被甩。"

那晚 12 点，沉默的羔羊终于更新了说说：

"成长，是明白有些事真的无能为力。"

离校后，关于小小和羔羊的消息越来越少。小小从 QQ 空间销声匿迹，玩起了朋友圈。

羔羊石沉大海一般，从此再难找到一点儿痕迹。

毕业第二年的冬天，我路过广州，正好赶上周末。羔羊请我去惠州玩，坐在海边的小餐馆里吃海鲜喝啤酒。聊起大学时的往事，鼻头都有些发酸。后来又聊起毕业后的生活，我才知道，这些年，他依旧是单身一人。

但我们都默契地避开了小小。

-（4）-

羔羊说，他只换过一份工作，在一家小广告公司实习期间认识一个叫“bling”的插画师，后来两人一起出来单干，做起了自媒体。现在大小是个老板，算是班上最早成功的一个。

但如果仔细看，会发现他的黑头发已经遮不住白头发。

羔羊调侃说，他的偶像是星爷，白几根头发是为了向偶像看齐。

让我意外的是，他依旧不抽烟，不喝白酒，不嚼口香糖。

我记得，以前他在宿舍传授追女孩儿经验时说过，小小不喜欢抽烟酗酒的男孩子，也不喜欢嚼口香糖的男孩子，因为抽烟酗酒的男生往往一身坏毛病，嚼口香糖会显得轻浮。

对了，羔羊从不嗑瓜子，因为小小说爱嗑瓜子的男生很掉价。

回去的路上我一直在想，一个人变得成熟，最难得的不是变得富有，不是一夜长大，不是貌似的成功，而是养成一身好习惯，却没攒下一堆坏习惯。

我想起帮羔羊保管的小本子，打电话问要不要寄给他。

他说不用了，都记在心里。我想，大概也不需要了吧。

-（5）-

2015年的秋天，我回学校拍红枫，遇见大学时挺熟的女生小听。

当年她考研去了上海，读完研回母校应聘上英语教师。她请我去大学时最受欢迎的小店喝奶茶，因为她是小小最好的闺蜜，所以没聊多久就说起了小小。

我才知道，小小现在俨然是丝毫不逊色羔羊的女强人。

和羔羊分手后，小小又专心为考研复习一年，但没考上。毕业旅行去了西藏和尼泊尔，被那边的大红大紫触动内心，立志做一名服装设计师。

旅行回来后去浙江学一年半的服装设计，学完回武汉创业做服装品牌。小听说，一个月前，小小考上××大学的在职研究生，弥补了未完成的一个心愿。

-（6）-

不久后的冬天，大学班上有对情侣兑现当年的承诺，邀请所有人参加他们的婚礼。

我和羔羊都被邀请当伴郎，提前一天准备，换完衣服坐在床头翻当年的毕业照。擦掉厚厚一层灰，发很久的呆，眼眶热热的，但心里暖暖的。

这些年，时间总是大把大把地过，动辄几年几年，转眼就到了让人心慌的年头。踏久了所谓的社会，也早习惯无数是非，仔细回想，不开心的时候早就比开心的时候要多得多。

但好歹，无论阴天多漫长，也终究会看见阳光。无论在多糟的日子里，也会因为生活中的小确幸敞开心扉地笑。

我想，自己是真的长大了吧。

放下相框，收拾乱糟糟的书桌，无意中看见羔羊让我帮他保存的小本子。吹掉落满的灰，几行小字，歪歪扭扭，一笔一画，依旧那么温暖熟悉：我会改掉所有的缺点，努力变成你喜欢的样子，努力在这寒冷的人世间，陪你看一看永远。

婚礼上，我才知道小小是伴娘，她和羔羊分别被安排在新郎新娘的两边。婚礼结束后，婚宴上小小和羔羊也默契地被安排在一起。

-（7）-

没想到有一天，他们会和三年前毕业聚餐时一样相邻坐着。

羔羊先开口，微笑着问："你还好吧？"

小小点头，轻轻一笑说："你除了笑时的样子，其他都变了。"

羔羊说："你不也是么，比以前更漂亮了，笑起来也比以前漂亮。"

小小问："你是说我面目全非了么？"

羔羊愣在那里，没能掩饰住满脸的紧张，吞吞吐吐地解释："我不是这个意思……"

小小扑哧一笑，说："你呀！"

羔羊咬半天嘴唇，突然像是鼓起很大勇气，说："小小，我一直在偷偷打听你的消息，知道你一直单身，我也一直单身，那，我可以重新追你吗？”

小小愣了愣，用力地摇了摇头，说：“不。”

羔羊尴尬地笑了笑，摇头说：“没关系。”

小小补充说：“我要你娶我！”

“不，我要你娶我。”

小小还是那个小小，话要分开说，人却干脆利落。

羔羊也是那个羔羊，就是白了些头发，流了一脸眼泪。

回忆里，一字一句，一笔一画，都在一瞬间变得温暖起来：我会改掉所有的缺点，努力变成你喜欢的样子，努力在这寒冷的人世间，陪你看一看永远。

相依听雨醉，思绪向天涯。

只有一件事，陪你看永远。

我别过头，望见窗外的冬天。

下雪了。

如果相遇是一张白纸

-（1）-

有个形象的比喻，男人洗漱前是犀利哥，洗漱后是刘德华。

小宝就是这样一个男人。他曾经是个十足的穷人，每到月底，一天两包鸡蛋面，早上半包干嚼，中午一包干拌，剩下半包晚上就着奶粉泡着吃，算是补充点儿蛋白质。晚上肚子实在叫得不行，就把辛辛苦苦攒下来的蔬菜包泡水喝。

毕业后相聚，喝到动情处经常追忆陈年旧事，比当年谁最穷。

小宝说："你们都没我穷，一天两包面，吃得眼泪哗哗流！"

小南是个富二代，但花钱大手大脚，月底比小宝更穷，说："有一次，我一饿就是三天，实在受不了就去街上觅食，不小心撞上一根电线杆，看见上面贴着一张捐精的宣传单，犹豫很久，突然良心发现面红耳赤地跑开。回宿舍猛抽自己一耳光，抽完把小胖桌子上的苹果啃了一半，剩下一半压在小宝枕头底下。"

小宝和小胖顿时恍然大悟，大骂："大爷的，害我们打得头破血流！"

小宝说："为半个苹果，死胖子差点儿和爷拼命！"

小胖说："原本我并不十分生气，心想你吃就吃吧，一个苹果而已。可后来我饿了，想喝点儿西北风垫垫肚子，可出门发现不知道西北方在哪儿！"

我大笑："哈哈哈哈，笑死爸爸了！"

过一会儿，小宝望着窗外突发感慨："谢谢曾经一无所有的时光！谢谢在那样的时光遇见你们！谢谢过去经历的一切，我长大了，我不怕了！"

–（2）–

我没说话，突然想到陈奕迅的《十年》。

十年好唱却难走，十年好听却难等。

人生总有个十年，耐得住寂寞，才守得住初衷。忍得了孤独，才能看得见真实。每个孤独的人，心中都藏着理想。每个优秀的人，都有一段沉默的时光。

总有一天，你会谢谢所有艰难的过往。

–（3）–

大学毕业后，小宝在一家小的广告公司实习。月薪两千，房租六百，生活费七百，打车一百，一百存着以后买房用，剩下五百陪女朋友逛街。

一天创意总监让他为 ×× 鸭脖写个口号，要幽默点儿，好玩点儿，听起来就让人流口水的那种。

小宝苦思良久，写到：爱她，就请她吃 ×× 鸭脖！

创意总监看后大怒："口水呢？口水呢？你看老娘流口水了吗？"

小宝在床上翻来覆去一夜，重写一句：爱她，就请她吃 ×× 鸭脖！想她，就让她流口水！

老女人铁青着脸问："想她，她为什么要流口水？"

小宝灵机一动："我会给她寄 ×× 鸭脖！"

老女人暴走："出去！关门！滚！"

小宝最讨厌别人对他说"滚"字，想了想，压着怒火问："要不您写个幽默点儿的，好玩点儿的，听起来就让人流口水的，我学学？"

老女人冷笑一声："×× 鸭脖，幽默！好玩儿！让你流口水的，不二选择！"

小宝一阵放肆的大笑："幽默！好玩儿！太幽默了！太好玩儿了！太让人想流口水了！哈哈哈哈，笑死大爷了！"

第二天，老女人在公司门口挂上一牌子：小宝与狗不得入内！

–（4）–

话说，男人一生中最艰难的时刻是：在最无能为力的年纪，遇见了最想照顾一生的女孩儿；在最想掏心掏肺的时候，掏出来的却是有心无力。

小宝遇见的最想照顾一生的姑娘叫小美。

-（5）-

小美是那种笑点低得一塌糊涂的女生，因此讲笑话就是小宝追小美时常用的手段。用小宝的话说，为了追小美，他几乎翻遍了整个百度贴吧，逛遍了各大笑话论坛，日记本上的段子加起来可以编一部笑话大典。

但有些时候，笑话会显得很苍白。

小宝毕业不久又失业，小美还是个刚加入考研大军的女生。

我记得那年，小宝在酒桌上喝很多杯以后，突然面色沉重地问小美："如果我想去深圳试试，你愿不愿意？"

小美出乎所有人的意料，很爽快地点了点头。

小宝又问："那，你会等我吗？"

小美笑了笑，还是很爽地快点了点头。

-（6）-

一个月后，小宝收拾收拾一个人走了。

一晃半年，过得并不好，信用卡欠了六千多，工资刚好够吃喝，房租还不停往上涨，根本攒不下钱。

但每次给小美打电话，他还是那个幽默的段子手。

有一回，他跟小美吹：“上周我和老板出去应酬，砖头大的猪骨汤，一锅九百，一共三根大骨头。老板见客户不好意思夹，对我使眼色，我这么聪明当然一眼就明白！可他娘的大骨头实在太难夹，我颤巍巍地夹起一根，手一抖掉了。我又颤巍巍地夹起一根，手又一抖，打翻了客户酒杯，洒出来的红酒至少值八百。终于我稳稳地夹起最后一根，结果一激动掉在客户裤子上，溅了一腿油！”

小美气得哭笑不得，担心地问：“那然后呢？”

小宝打个哈哈说：“然后老板要开除我，同事给我出主意，让我煲一锅大骨汤送给老板。我一想确实是我不对，就在市场上挑了两根大骨头，买了点儿桂圆莲子什么的，请人煲一大桶汤，但不好意思当面送，就起了个大早去公司放在老板办公桌上。两个小时后，里面传出一声河东狮吼，再然后，我就被开除了。”

小美懵懂地问：“为什么呀？他们为什么要开除你呀？”

小宝大笑说：“你不知道，等我们冲进去，看见老板被老板娘摁在沙发上，左一耳光，右一耳光，啪啪啪，血花四溅！鼻青脸肿！十分钟后，老板娘冲出来大骂：哪个贱人婊子狐狸精送的汤！现在！立即！马上！给老娘站出来！别等老娘调监控查，查出来老娘保证你的下场比这老不死的还壮烈！”

小宝感觉不对，提着包果断开溜。

晚上收到老板短信：“你他娘的明天要是不来公司把那桶骨头汤喝干净，老子找人打断你的腿，灭你满门！”

小宝吓得换了手机号码，开始在深圳隐姓埋名。

-（7）-

第二年春天，小美考研成绩出来，录在北京。

小宝打电话给小美，强装欢喜：“咱宝贝儿终于要去帝都啦，恭喜恭喜呀！”

小美说：“这么开心的事，你不讲个笑话给我听吗？”

小宝想了想，慢慢讲道：“很久很久以前，有只蜗牛，爱上了天鹅。它希望有一天可以永远和天鹅在一起，于是爬呀爬，爬呀爬，终于从墙角爬到屋顶。可是抬头一看，发现自己离天鹅还是有一段很远很远的距离。”

小美问：“小宝你怎么啦，这不是笑话呀？”

小宝说：“小美，我们分手吧。我想了很久，你就像天上的天鹅，应该飞得更远飞得更高。我就像地上的蜗牛，爬得再辛苦，也爬不到你的高度。”

小美犹豫很久，说：“分手可以，但是分手前，我们可不可以见一面？”

两天后，小宝坐火车来见小美。

见面礼是“啪”的一耳光，小美说：“贱人！记住，我不是什么天鹅，你也不是蜗牛，我们是一对普普通通的恋人。我们的幸福，与穷不穷无关。只要一起努力，什么都会有。但如果你轻易说分手，还在我前面说，我会一辈子看不起你！”

小宝良久才反应过来，问：“意思是，我们没分手对吧？”

小美大叫一声：“哎呀呀，手疼！”

－（8）－

小美去北京的第二年，我和小宝见过一面。

在他家小小的阳台上喝酒聊天，楼下灯火阑珊的城市别有一番味道。

说起他和小美，小宝说：“异地确实是很痛苦的事，看不见摸不着的事太多。社会又越来越复杂，身边一旦缺少可以依靠的人，时间久了对女孩儿来说会很难熬。而且难免会产生一些误会，会闹矛盾，而且没力气吵架。”

顿了顿，他说：“但没关系，我是一个搞笑的人！”

我笑：“哈哈哈，我也是个搞笑的人。”

“我想做个搞笑的人，不是幼稚滑稽，而是保留成长下的最后一点儿孩子气。它是一种容易被忽视和误解的东西，但令你时刻清醒做自己。我会以自己的方式长大，也许不够成熟，但一定靠得住。也许不够富有，但一样会很幸福。”

我把我写给搞笑的人的一段话念给他听。

他想了想，补充一句：“平淡不是寡味，而是平常中有趣。简单也不是无聊，而是有你刚刚好。”

－（9）－

过一会儿，他边回忆边说：“有一次深夜，小美挽着我在大街上走，由于人很少，她很害怕，小小的身子紧紧贴着我，惊恐地扫过路过的每一个人。我突然好想哭，在心里暗暗发誓。无论如何，我要让这个单薄的女孩儿幸福。”

我说：“突然发现你是个靠谱的人。”

他便开始朗诵：“当青春消失在路上，当两个人一起流浪。我只想卑微的自己能够永远守着同样卑微的你，左手握着幸福，右手握着我们的地老天荒。”

后来我一直在想，以后是不是该乐观一点儿？

–（10）–

每个人都听过很多故事，翻过许多书，都知道每个故事都会有转折点，两百页的剧情一定不会停在一百页。但不是每个人都有耐心往下读，也不是每个人都想知道结局。所以有人固执地翻到最后，有人中途放弃，有人早就换了读本。

但小宝坚持到了最后。

他一样在现实里奔波，但在心里坚守着最后一点儿孩子气。他把书翻到了最后一页，惊喜地看见结尾处她笑容满面。

无论如何，我要让这个单薄的女孩儿幸福。

他做到了。

两年后，小宝在云南打电话给小美，说：“亲爱的，现在差不多你在中国的最东边，我在中国的最西边。隔着几千里的距离，你知道吗，我还是很想你。”

第二天，小宝从昆明飞到北京，赶上一场大雪。

小美站在雪地里等，几乎成了雪人。

小宝抱着一大束从云南采的鲜花，单膝跪地，短短六个字，却说了很久：“嫁给我吧，小美！”

如果相遇是一张白纸，你在上面写下第一个字，我会陪你把它写成一生的书。如果你是那一个个温暖的方块字，我愿是那微不足道的逗点，待在你脚边。由心动到古稀，由深情到白头。徘徊在阳光温暖的小巷，穿过四季更替寒来暑往。

也许不够成熟，但一定靠得住。也许不够富有，但一样会很幸福。

你是我永远的小公主。

一起努力，慢慢变好

–（1）–

2014 年新年我收到的第一条消息不是新年快乐，而是朋友的一条分手短信，问：“怎样才能快速从失恋中走出来？”

我想了想说：“忘记一个人最好的方式，是喜欢上另一个人。”

当时我在看春晚小品，神经大条没太在意，等小品结束才反应过来。两个月前朋友说：“明年不去广州了，回去陪她，争取年底把证扯了。”

声音笃定而满怀期待，仿佛就在昨天一般。

–（2）–

朋友叫小书，女朋友雪粒，两人是大学同专业不同班的同学。

小书从军训开始，就偷偷喜欢上了雪粒，虽然很少有机会和雪粒接触，但在荷尔蒙的推动下，喜欢的感觉越来越强烈，直到夜夜失眠。

后来，在一个狂风暴雨的凌晨 4 点，小书用一种最蠢的方式表白了。

他写了一段长长的心里话在班级 QQ 群 @[①] 雪粒：

喜欢一个人真的像要死了一样，已经第七天失眠了。眼睛睁不开，睡又睡不着，心脏像要爆了一样 @ 雪粒蛋挞。

在小书眼里，你军训第一天的长发可爱，第二天剪的短发也可爱，要是没人追你，不开心，小书追你吧。你看小书一眼，小书能开心一整天，你请一天假，小书担心一整天。加你 QQ 好友你同意了，小书快高兴疯了，真的。

有一次你生病在医务室打针，小书假装买药去看你，看见你难受成那样，小书人都傻了。小书想照顾你，如果你觉得小书不够好，你就慢点儿跑，小书在后边慢慢追，要是你不讨厌小书，就做小书女朋友，小书陪你聊天、学习、跑步、唱歌、做兼职，好不好?

早上 6 点 23 分开始就有人在群里喊“在一起”，一直喊到上第一节课。

后来雪粒没去上课，小书去了，全班的眼睛都在偷偷观察他。

小书擦一把汗，在书上胡乱画，写两个硕大的字：尴尬。

① 网络用符号，提醒某人查看。

-（3）-

煎熬地上完两节课，小书又在群里说话了：

对不起@雪粒蛋挞，是我太自私，太冲动，没有考虑你的感受。你现在一定很尴尬，很生我的气吧，都是我不好，我以后不会这样冲动了。

还有，你没有答复我，没关系。我会很安静很安静地追你，不会再打扰你。小书还是那句话，你慢点儿跑，小书在后边慢慢追，直到追上你的脚步为止。

我喜欢你，会一直喜欢你，你不喜欢我也没关系。

群里迷之安静，过一会儿，雪粒终于回话：我知道了，求你别说了。

小书：好@雪粒蛋挞。

雪粒：……

之后班上只有小书和雪粒的流言，小书和雪粒却再无进展。

但在期末考试的第一天，两个人奇迹般地在一起了。

第一门考的是经济学，小书早早进了考场。开考前十分钟，雪粒进考场，刚在座位上坐下，小书递过去一个加好热的暖手宝。

还有一张纸条，写着：好好考，别挂科哦。

雪粒愣一下，用唇语对小书说了声“谢谢”，回头把暖手宝捂在了手里。

武汉的冬天有时会离奇地冷，一阵一阵的寒风很少停下来，出门不要一会儿手就会冻僵。但我猜，那天雪粒的手和心一定很温暖，小书整个人都很温暖。

那晚 10 点多钟，舍友都沉默地对着电脑各干各的事。

小书突然一声大喊：“雪粒答应做我女朋友啦！”

–（4）–

只是无论故事的开头如何浪漫，总有高潮和低谷。

两个人很熟以后，也会闹矛盾，冷战，为彼此身上的大小缺点生气。

大二时，小书喜欢上英雄联盟，从喜欢到迷恋再到失控，和室友没日没夜地打，甚至逃课，组队去网吧通宵，花很多的钱买皮肤。

每次和雪粒因为打游戏吵架后，小书都会自我反省一段时间，也知道迷恋游戏不好，在心里发誓戒掉。但是用不了多久，心情好一点儿，又会禁不住诱惑玩起来。

有一次雪粒心情不好找小书聊天，小书在和室友去网吧通宵的路上，随便编了句瞎话，说：“身体不舒服，先睡了，明天再说吧。”

雪粒回了个“哦”。

小书说：“那就这样，乖，不说了，你快睡吧，晚安。”

第二天早上小书和室友通完宵回来，在校门口的堕落街吃早餐，雪粒和闺蜜起早打车去木兰天池。两拨人遇见，雪粒看见小书，面无表情地挽着闺蜜走了。

小书发短信解释了一堆，直到晚上雪粒才回，就一个字：哦。

－（5）－

那之后，雪粒对小书冷漠很多，而且再也没劝过小书少打游戏。

好在小书有自知之明，知道雪粒不再说什么，是对他彻底失望了。

雪粒也没提过小书的其他缺点，比如刚恋爱时，她说小书发型难看带他去换了发型，教小书怎么穿衣打扮，帮小书纠正一些生活上不好的小习惯，等等。

小书给雪粒写一封很长的认错信，但雪粒没回。

有句话说，温暖一颗心需要很多年，心凉只要一瞬间。

是这样的。

后来小书改了很多，很少玩游戏，自己学穿衣打扮，经常去图书馆看书学习，对雪粒也好很多倍。比如记住了雪粒的经期，每个月那几天都会格外贴心。

但雪粒一直没有真的原谅小书，小书说，那种隐形的隔阂他也说不清。

他们没有分手，大概是小书对雪粒真的很好。

大四雪粒生日那天，小书送的是一块竹简。上面一段心里话，是他亲手刻上去的，一个字一个字刻了三个月，刻坏了几块，才终于刻好一块。

－（6）－

大四的课三个月就上完，很快小书和雪粒站在了毕业的分叉路口。

小书姐姐嫁到广州，想让小书去姐夫公司实习，小书委婉地和雪粒提了一次。雪粒说："去吧去吧，大城市机会多工资高，对你未来的发展很有好处。"

半个月后小书又和雪粒提，雪粒还是一样的口吻。小书前思后想两个月，收拾收拾去了广州，在姐姐家休息一周就开始了工作。

不久后，雪粒也开始实习，在武汉的一所早教学校当老师。

小书打电话说，他早就猜到雪粒不会跟她去广州，分别那天就猜到了。

分别那天，雪粒沉默着一直不说话，小书也不说话。后来离火车出发时间越来越近，雪粒终于没忍住扑进小书怀里哭起来。小书说，和雪粒恋爱四年，还是第一次见她那么哭。那个时候他才知道，雪粒不是不在乎，而是把所有的在乎藏在心里。

雪粒只问了小书一句话："听说异地恋分手的很多很多，对吧？"

武昌火车站的广场上，夕阳碎了一地。

–（7）–

不久后就是新年，实习期还没结束，小书和雪粒就分手了。

不过让我意外的是，分手是小书提出来的。他说异地没多久，两个人三天一小架，五天一冷战。工作很累，越来越看不见未来找不到意义，每次心情低落想好好努力找出路，可雪粒总在最心烦意乱的时候和他生气。

那年小书没回家，留在姐姐家过年。过年前几天的晚上和爸妈打完电话，一个人回房间。第一个不在父母身边的新年，心里多少有点儿不是滋味。

他给雪粒打电话想说说心事，可雪粒态度很冷淡，没有一点儿想听的意思。沉默一会儿后，小书说："雪粒你要是累了，我们就先分开一段时间吧？"

雪粒说："好。"沉默一会儿后，先挂了电话。

小书说他没想到雪粒会答应得那么干脆，没有一点儿犹豫。以至于连挽回的余地和勇气也没给他留。

－（8）－

分手后，照样日升日落，地球一样转。

这世上，一个人宛如一粒尘埃，一个人的悲伤也微不足道。哪怕你的世界天昏地暗，日子还是一样过，大街上人来人往，表情依然冷漠。

霓虹灯依旧装满心事，迎来送去一夜夜的车水马龙。

小书继续实习，雪粒也一样。两个人生活在各自的城市、圈子和孤独里，慢慢淡出彼此的世界。

小书说，他每过几天会找雪粒聊聊天，虽然只是几句，睡前发个晚安，即使她很少回。过节时给她寄礼物，她也很坦然地接受了。

在他心里还有一点儿奢望，因为分开时他说，先分开一段时间，而不是分手。

"那就是还有机会的，对吧？"

每次聊天他都会问我很多遍。

-（9）-

就这样一年过去，再和小书见面时，他完全变了个样子。

发型换了，以前像刘德华，现在像霍建华，因为雪粒喜欢霍建华。瘦了很多，脸上的神色也老了不少，颇有老干部的味道。穿衣打扮也挺有品位，一身干净简洁的无印良品。

聊到尽兴时，我还是忍不住问了：“你和雪粒呢，有什么打算？”

他笑了笑，问我：“你猜我和雪粒当初为什么分手？”

我说：“不猜，别卖关子了，说吧。”

他说：“分开后想了又想，从自己身上找出很多缺点，然后一个一个改，比如一堆日常的小毛病：爱抖腿，没耐心，遇见问题容易着急动怒，而不是静下心来想办法。有时候有些小心眼，不够大度，还有贪玩，自控能力不好。”

我说：“难得啊，在这个人人自私的时代，很少有人会从自己身上找问题。”

他说：“不是啊，其实是从雪粒那儿学会的。有一天晚上我心情很低落，给雪粒写了封长长的邮件，把心里话全说了，没想到凌晨醒来发现雪粒回信了。”

雪粒说，其实自己也不够好，以前不懂付出，总把小书当成遮风避雨的港湾。后来才知道，爱是一种相互的付出，男人也需要理解和被爱，难过时也会流泪，孤独时也会无助，失恋时也会夜夜失眠。

小书说，信用卡欠了一万块，每个月工资不够花，工作找不到一点儿意义，感觉自己快被压垮那段时间，雪粒那封长长的信，是他心里最后一点儿感激和温暖。

自己的女朋友，又何尝不是自己的港湾。

－（10）－

吃完火锅出门，我提议去看电影，小书说找个网咖打英雄联盟吧。

我很惊讶，说："你还打啊，我以为你早就不玩了。"

他说："打啊，雪粒说，偶尔打打游戏没关系，只要不迷恋。两个人在一起最好的状态是自在、舒服、不累人、尊重对方的小爱好。比如我喜欢玩你认为不务正业的游戏，你喜欢追我觉得脑残的偶像剧。"

只要不过度，刚刚好，又有什么不可以。

我睡前玩两把游戏，你听听歌玩玩手机，你要是无聊，也可以学着玩。你周末追偶像剧，我坐在旁边喝茶看小说，我要是无聊，那就跟着看。

这世上哪有一上来就适合自己的人啊，更不可能有人完美到没缺点。

只要他是那个对的人，就坦然接受他的小缺点，陪他度过生命中那段心有余而力不足的时光。

做彼此的港湾，一起改变，慢慢变好。

只要他是那个对的人，又有什么过不去。

–（11）–

“恋爱就是练习去爱啊。”小书说。

我很好奇，问：“小书，你和雪粒是不是早就和好了？”

“对不起。”他笑，“雪粒不让我说。”

我不会再讨好你

-（1）-

都说好看的姑娘高冷，大耳朵就是其中的一个。

认识傻狗前，大耳朵不爱说话，朋友少，几乎被全班孤立，觉得自己像只独角兽，急需一个白马王子来拯救。

但白马王子还没出现，一只傻狗半路杀出抱得美人归。

傻狗是大耳朵的学长，昵称叫 VK，大耳朵觉得别扭，顺手改成傻狗。

大耳朵和傻狗相识于早自习，每周都有一天，傻狗作为高一个年级的考勤员来查人数，大耳朵总是坐在最后一排靠门的位置。

后来有一天，傻狗悄悄坐在大耳朵旁边，死乞白赖地要走了大耳朵的微信号。

当天晚上，傻狗就对大耳朵展开攻势。

但大耳朵对傻狗没一点儿感觉。嘘寒问暖，每天一个早安，一个晚安，大耳朵很少回。

傻狗家境不错，老爸是街道办主任，还在乡下承包俩鱼塘。

因此，傻狗出手阔绰，第一次送大耳朵礼物就是价值上千的金链子。

只可惜大耳朵情窦未开，向往爱情，鄙视金光闪闪的东西。

傻狗屡屡碰壁，使尽浑身解数也无能为力。

直到一天晚上，大耳朵心情不好，发朋友圈说："想一个人等日出。"

两秒钟后就收到傻狗的私信，傻狗说："我陪你等啊。"

就这样，两个人聊了一晚，突然从陌生人变成最熟悉的知己。

-（2）-

傻狗是情场老手，找到了突破口，大耳朵便再也经不起一轮接一轮的攻势。

比如，有一回，大耳朵来大姨妈，发朋友圈说："好想吃关于芒果的一切。"

当时傻狗在上课，天还下着大雨，但仅仅过了差不多十分钟。傻狗就打电话叫大耳朵下楼，芒果干、芒果冰、芒果布丁……学校超市里能买到的关于芒果的一切，都装在傻狗手里的大袋子里。

大耳朵望着被雨淋湿头发的，有一点儿老年痴呆的傻狗，差点儿掉眼泪。

晚上大耳朵和闺蜜聊天，说："他很照顾我，很宠我，也很懂我，像下雨送伞，生病买药这种事他做得比任何人都好，我觉得他可能会是我的依靠。"

闺蜜说："那就在一起吧。"

大耳朵想了一晚上，决定，那就在一起吧。

没多久，从大耳朵答应傻狗的那一刻起，他俩就进入了蜜月期。

比如，大耳朵说我想你了，傻狗会立刻逃课来找她。

傻狗喜欢打篮球，但和大耳朵在一起后也很少打了。大耳朵问他为什么不打篮球了，傻狗说："因为不想你为了等我晒到太阳，而且把打球的时间用来陪你多好啊。"

大耳朵别提多开心，不管不顾地踮起脚尖吻了个地老天荒。

最让大耳朵感动的一次，是她耍小性子闹脾气，在操场上当着傻狗朋友的面要他背。

傻狗一开始不同意，后来经不起大耳朵的胡搅蛮缠，真的背了她。

后来傻狗的朋友提醒大耳朵说："傻狗是个爱面子的人，那天你那么闹他没有甩头就走还答应背你，要是换作他以前的女朋友他早就不要了。"

知错的大耳朵很后悔，但来不及认错，只好默默在心里决定为傻狗改掉坏脾气。

后悔到忽略了傻狗朋友话里的那句：要是换作他以前的女朋友他早就不要了。

－（3）－

后来，等大耳朵发现傻狗曾经有许多前女友时，生米已经快煮成了熟饭。

没错，前女友回来找傻狗了！

大耳朵永远也不敢相信，这种狗血剧情会发生在自己身上，而且一连串的蝴蝶效应，细思起来简直极恐。

比如，他的微信号是前任的名字，他的收快递的名字是前任的名字，他身上有一处洗过的文身，留下的模糊的影子，也是前任的名字。

大耳朵平生第一次喝酒，烂醉，打了段长长的话给傻狗。

傻狗看完后，说："对不起。"

大耳朵问："你对不起我什么？"

傻狗说："我做不到像你爱我那样爱你，也做不到像以前爱她那样爱你。"

大耳朵没哭，只是缩在墙角瑟瑟发抖，因为已经猜到了以后。

没过几天，傻狗和大耳朵说了分手。

"为什么？"

"太累了。"

"为什么？"

"对不起。"

"为什么？"

"我做不到像爱她那样爱你。"

……

一个月前，6月7号傻狗生日那天。本来是她要给他准备惊喜的。他却突然从背后抱住她，叫她把头发撩起来。这时，大耳朵发现有条项链戴在了脖子上。

那时候她想，这辈子，就他了。

－（4）－

大耳朵说，之后很长时间，她不敢相信真的和傻狗分手了。

但是他 180° 大转弯的态度，冰冷得让她害怕。

××××年7月21日　4：42

大耳朵：傻狗我们别闹了，我们复合好不好？

傻狗：你不乖哦。

大耳朵：我不知道乖，乖了以后你就离开了，我不想你离开。

大耳朵：我真的不要失去你，我不要我不想我害怕以后的日子里没有你。

大耳朵：我们不闹了，有人闯进来就闯进来我不在乎。

大耳朵：多想想我们以前在一起的日子，其实很开心，对吗，别走。

××××年7月21日　7：15

大耳朵：早啊。

大耳朵：我们重新开始重新认识吧。

大耳朵：以前的事就过去了，你从现在开始也不要喜欢我，包括有好感，就当不认识。

大耳朵：因为这次换我来追你。

大耳朵：你起来后赶紧煮吃的别饿着了。

大耳朵：别跟个智障一样那么懒。

××××年7月21日　23:16

傻狗：晚安。

（来自大耳朵与傻狗的真实聊天记录）

之后很长的日子里，大耳朵每晚都会熬夜到凌晨才睡。

一安静下来，满脑子都是他，泪水真的会打湿枕头。

她小心翼翼地哀求，所有的改变，傻狗统统看在眼里。

但最后傻狗说："这几年的关心，我记在心里了。互删吧，不要再联系了，我不想看着大大的伤疤生活。抱歉。"

后来没过多久，傻狗就和前任复合了。

–（5）–

成长就是哪怕你难过得快死掉了

第二天太阳还是会升起来

上课上班像昨天一样

没有人关心你发生了什么也不会有人真的关心

关于你的心碎你的痛苦永远只有自己知道

你唯一能做的只有告诉自己

再坚持一下会好的会好的

和傻狗拜拜后，大耳朵在朋友圈更新上面一段话。然后卸载了微信、QQ、微博等几乎所有的聊天工具。

每晚失眠到很晚，脑子里挥之不去的，都是过去和他的一点一滴。

不敢听情歌，一听眼泪就拼命往下掉。

不敢想、不能看见关于他的任何东西。

但还是会因为一点儿小事情勾起情绪，比如小路上的落叶、夕阳或青草地。

情绪随时都会失控，哪怕在人群里。

大耳朵一度以为自己会难过到死掉，甚至比死掉还要难受。

那种被叫作“错过了就是一辈子，不敢想以后的路上再也没有你”的感觉。

对想和你过一辈子的人来说，真的太难受太难受了。

大耳朵说，原来这世上，真有一种悲痛叫难过到不能呼吸。

–（6）–

不久后，大耳朵逃亡般离开了有傻狗的城市。惊慌失措地开始一段新生活，上下班，挤公交，和不喜欢的人打交道。每天都很忙，追她的人也不少，但没有忙着谈恋爱。

偶尔在街上遇见小情侣，比如有一次下雨，两个十六七岁的高中生，穿着校服，背着双肩包。每人头上顶着一本书，另一只手牵着对方，在雨中欢快地狂奔，男生的笑容从大耳朵眼前晃过，青涩又好看。

每到这时，也会心酸，也会不知不觉湿了眼眶。

只是自己已经没有力气和勇气，也没有一颗干净的心，再那样爱一场。

随便吧。

偶尔也会算算和傻狗分开的日子，一晃快两年。

两年，说起来短暂，却又仿佛换了个人间。

2015 年 1 月 17 日晚 9 点半，周杰伦和昆凌在英国约克郡塞尔比镇的同名教堂，在牧师的见证下，正式成为夫妻。

转眼间，女儿小周周满周岁又过了一个月，距今两年。

大四结课前，班长用粉笔在黑板上写下：× × 专业 × × 班的同学们，四年了，让我们认真听完这辈子的最后一堂课吧。

到了今天，曾经活跃到让人想屏蔽的班级群仿佛石沉大海，偶尔跳出几个消息也是毫无意义的投票或通知，距今两年。

两年换过三份工作，搬过一次家。

多了三张没存下钱的银行卡，加了几个很少聊天的朋友。

路过无数红绿灯，掉过几回眼泪，醉过两三次，熬过六七个通宵。

旧旧的日记本放在床头，好久没添过值得记下的新鲜事。

心里的话一箩筐，却再没有可以说心事的人。

-（7）-

两年的时间，不长不短，却足够忘记一个人，明白一些事。

比如大耳朵终于明白了，两年前的她只是傻狗的摆渡人，他没有那么喜欢她，所以等他上了岸，一定会丢下她。

比如从一段感情里走出来，才会发现，以前以为的深渊，一辈子也走不出的死胡同，不过是青春里潦草的一笔。

生活永远喜忧参半，就像没有不变的承诺一般，也没有到不了的明天。

在这个越长大越孤单，人人把自己活成一个孤岛的世界里，越早明白一些残酷的事，也是一件好事。

比如，在爱情里越卑微，越不被对方珍惜，祈求留不住不够爱你的人。

人人都会上至死不渝的当，信口是心非的人，犯一厢情愿的傻。

所以你要学会爱自己，不要太乖，要学会说拒绝。自私一点儿是对自己的仁慈，有梦就追，喜欢的事就去做，听喜欢的歌，走想走的路，春去秋来，总有一天会变好。

相爱也不必趁早，时光自有安排，对的人不迟到。你瞧这人间，四季有更替，花开有时节，冬雪会融尽，春风就要拂来。

爱自己才是真浪漫，爱不是用来讨好别人，而是善待自己。

丑 八 怪

-（1）-

关于这世界公不公平有很多种说法。

有人认为世界是极不公平的，比如小乔，有一回唱歌，她说："这世界是不公平的，你看，石头长得丑，可是他温柔，对丫头钟情专一，再丑也吃到天鹅肉了。我呢，我长得比石头还好看一点儿，可是再温柔也没用啊！"

石头托着腮，盯着喝醉的小乔不说话。

小乔问："看什么看？"

石头说："我在想，我究竟有多丑？"

小乔说："要多丑有多丑，啊哈哈哈！"

一屋子的人冷汗，石头的意思是：你都这么丑了，我他妈是有多丑才能比你更丑？

大家都听出来了，只有小乔没听出来在那儿傻笑。

还有一次我们讨论这世界公不公平。

小乔说：“据专家说，98% 的胖子瘦下来不是帅哥就是美女，可事实上 99% 的胖子都是瘦不下来的。曾经我一个月减掉二十九斤，距离目标三十斤还差最后一斤。可老天‘啪’一巴掌把我拍晕，医生指着我鼻子骂‘你他妈再减就是作死’，我他妈不敢作死，一个月反弹四十斤。你们大声点儿告诉姐，这世界公平吗？”

大家都为小乔感到惋惜，纷纷表态这世界确实不公平。

只有石头打岔：“有什么不公平？我眼睛小可我嘴唇薄，我长得胖但我个儿高，你们说我脸长，可我鼻梁好看啊！”

小乔灵机一动：“可你五官组合在一起，就一个字，你猜是什么？”

石头：“咱能不能换个词？”

小乔：“好啊好啊，石头，你小时候被猪亲过吗？”

-（2）-

其实石头丑不丑还值得探讨，但被小乔一说，大家都打心里认为石头真的很丑。

其中就包括石头的女朋友丫头，有一回丫头捧着石头的脸仔细看半天，最后无奈地叹口气：“唉，是有一点儿丑！”

从此，丑成了石头的光环，顶在头上摘都摘不掉。

丫头长得漂亮，却是“丑八怪”石头大学四年的女朋友。而且刚一毕业两人就从家里偷了户口簿，背着父母隐婚，隐完婚一起开始打拼。

小乔呢，是石头高中同班同学，也是丫头大学同班同学。

石头和丫头认识就是小乔从中搭的桥，据说两人一见钟情，不到两周就成了“狗男女”。

小乔夹在中间，是一只被忽略的超级大灯泡。

–（3）–

2011年，石头和丫头攒齐首付，在中心城买了套两室一厅的房子，月供占去两人工资的三分之二。日子开始过得拮据，但很幸福。

石头为了多赚点儿钱，每晚去酒吧唱歌，一般从9点唱到11点。

小乔呢，可能是受石头的熏陶，学会了打架子鼓。丫头也经常跟着来，总坐在角落里等石头唱完。然后两人亲个嘴儿手挽手离开，留下小乔一个人发呆。

有一天晚上石头和丫头离开后，我不小心看见小乔抹眼泪。

从此小乔喜欢石头，成了我和她之间不能说的秘密。

小乔跟我讲过很多关于她和石头的故事，她说高中的时候石头是班长，人高马大脾气也大，但心地善良爱打抱不平。高中开学第一天，有个男生模仿星爷冲小乔起哄：“长得丑不是你的错，但出来吓人就是你的不对了！”

周围的男生大笑不止，只有石头冲上去就是一巴掌。

啪！男生鼻青脸肿口吐白沫，石头成了那一届第一个受处分的新生。

小乔去安慰石头，石头说：“别听他们胡说，你不丑。”

小乔说："没关系呀，长得丑是我的错，但出来吓人是我的本事呀！"

石头对小乔刮目相看，从此两人成了"哥们儿"。

再后来，石头有了女朋友，是个身材窈窕的漂亮姑娘。小乔这才醒悟，原来石头和她走得近，可能仅仅是因为某种叫作同情的东西。

于是小乔偷偷哭一场，哭完决定离石头远一点儿。

-（4）-

那一年期末，男生们评出班上三大美女与三大丑女，石头女朋友排在前三，小乔排倒数，而且还名列丑女第一。

听到八卦后小乔哭了一个晚上，决定减肥。

暑假一回家就投入行动，喝粥吃苹果，不沾荤腥，悄悄把妈妈准备的早餐倒掉，跑步登山骑自行车，游泳喝了几肚子的水，幸好自己浮力大才没被淹死。

暑假才过一半，唰一下瘦掉二十九斤。

但是在往三十斤奋斗的路上晕倒，被路人送进医院，抢救了一个多小时，心脏才慢慢恢复正常，满头大汗的医生指着小乔一通痛骂。

出院后小乔被妈妈锁进屋子里，一个月反弹四十斤。

过完暑假，小乔彻底从一个还算乐观的小胖子变成自卑到要死的大胖子，刘海儿遮住额头，拒绝和任何人说话。

用她的话说："周围的男生找我传情书都不怕被误会，因为连我自己都知道这不可能。"

直到一天她扔给同桌的纸条又被扔回来。

石头在纸条上写着：“小乔，我发现你变得不爱说话了，还故意躲着我，是不是因为班上的流言？嘿，我说你傻不傻？别理那些流言，理它做什么？有我呢！要是再有人敢再乱放屁，我就抽他！”

小乔想了又想，回：“你别抽，再抽就得留校察看了！”

结果石头没被留校察看，却因为一场意外车祸留级一年。出院后脸上留了块儿伤疤，从帅哥变成丑八怪，漂亮女朋友决定专心学习和他分了手。

后来所有人都顺利毕业，只有小乔决定复读一年。

再后来，石头和小乔考进了同一所大学，就有了今天的故事。

–（5）–

2012年的冬天，石头开始和丫头吵架。

有一回吵得特凶，石头喝醉了找我倾诉，说他和丫头工资加起来不到八千，月供就要五千，供了一年就已经受够了，可还要供十年。丫头觉得这样下去自己会疯掉，石头也觉得会疯掉。

吵着吵着吵不动了，石头开始不想回家。

终于熬到年底，两人抱在一起大哭一场，第二天就去离了婚。供了一年的房子转给了其他人，十五万，石头一分没要，当天晚上丫头坐车回了老家西安。

我问：“怎么说离就离了？”

他说：“这样的生活她受够了，我也受够了，所以对我对她都是一种解脱。”

我说：“也未必就是解脱吧。”

他说：“是解脱，离婚的那一刻我的感觉是——天苍苍，野茫茫，风吹草低见牛羊！”

我问：“那现在呢？”

他说：“天昏地暗，日月无光，活着，还不如死了。”

我说：“据说分手后，开始几天男人特解脱，女人特悲伤。但用不了几天剧情就会反转，男人开始求生不得求死不能悔不当初肝肠寸断。女人呢，开始在朋友圈晒自拍，一连串和闺蜜逛街的合影配上潇洒洋气的文字：今天和闺蜜去逛街了，买了一大堆东西，心情倍儿棒吃嘛嘛香。突然发现以前的时光真的是浪费青春呀，尤其是和我那丑八怪前任在一起那几年，真恶心人！”

石头哀号一声：“别说了你，昨天丫头还在朋友圈发照片说武汉的肉夹馍都是山寨货，西安的肉夹馍才叫肉夹馍。”

我鼓励他：“怕什么，她晒肉夹馍你就晒热干面，别忘了多加点儿芝麻酱。”

石头想了想，说：“这个点子不错，我不能让丫头觉得我很难过。”

结果第二天石头跑来哭诉：“晒毛热干面啊，丫头说她都快吃吐了。”

－（6）－

没多久石头辞了工作，浑浑噩噩，一天比一天颓废，生不如死，每天用大量的酒精麻痹自己，疯狂把尼古丁往肺里吸。

我拿他没办法，只好向小乔求助。

小乔在老家，听见消息很快赶回来。但每天面对沙发上半死不活的石头，她也一点儿办法没有，只好坐在旁边沉默。

等到傍晚石头还没醒，小乔站起来对我说："我想把石头扛回去，你帮我一把。"

我说帮她把石头送回去，她说不用，我问她能扛得动吗，她说扛不动也得抗，我说那好吧。

小乔说："你别误会，高中的时候有一次我发烧，烧得特别严重，那个时候是周末，老师们都不在，加上外面又在下大雨，班上没有一个男生愿意背我去医院，最后是石头从网吧跑回来一个人把我背去医院的。"

我笑了笑，说："好吧，明白了。"

小乔说："放心吧，现在他病了，我死也要把他扛过去。"

－（7）－

2013 年的春天，石头被小乔说动，坐上去西安的火车。

石头走的那晚，小乔来找我喝酒，比两个月前瘦了一圈。我上下打量一圈，不敢相信自己的眼睛，问她："你怎么做到的？"

她笑着说："减的呀，难不成还 PS[①] 的呀？"

① 用图像处理软件处理。

我又上下打量一圈儿，吃惊地说："比以前漂亮至少十倍。"

她笑得更开心："真的吗？"

我点头："真的，专家没有说谎，减了多少斤？"

她特得意地一比画："完美实现 A 计划，十五斤三两！"

我想了想，问："意思是还有 B 计划、C 计划？"

她说："对呀，去年我和石头打赌，我劝她去把丫头追回来，他说不可能。我说怎么不可能，他说就像你想变成瘦子一样不可能。我一气之下，就问他如果我能变成瘦子，你是不是就愿意去把丫头追回来，他说成，反正不可能。我一咬牙，就减啊减啊减，一下子就减掉十几斤，哈哈哈哈哈！"

我恍然大悟："我明白了，难怪石头突然决定去西安！"

她在旁边得意忘形："哼哼哼，我厉害吧？"

我想说"厉害"，但一想不对："那石头已经去了西安，为什么还有 B 计划、C 计划？"

她说："为了保证石头不反悔，我就和他拟了份协议，分三个计划执行。A 计划，当我成功减掉十斤，他就去西安找丫头，否则自断手指一根。B 计划，当我成功减掉二十斤，他就对丫头展开攻势，否则挥！刀！自！宫！ C 计划，当我成功减掉三十斤，他就得想办法和丫头复婚，否则流放西安，永世不得回武汉。"

我打个冷战："第二条也忒狠了！"

她笑："狠吧？哈哈哈，我看石头怎么反悔，哈哈哈！"

我心想，石头这下算是玩完了："不过小乔，你减得了三十斤吗？"

她说："必须减得了啊，上次就只差一斤而已。"

我说：“可是反弹四十斤。”

她说：“滚滚滚！乌鸦嘴！姐这次要是再反弹，没人娶我你娶我！”

我说：“好啊好啊，再瘦一点儿肯定是大美女！”

她想了想，问：“胖子真的没人愿意娶吗？”

我说：“谁说的，你看天底下哪个胖子没嫁出去？”

她抿一下嘴巴，说：“可是石头说，我要是再胖下去将来肯定嫁不出去，他怕我嫁不出去，所以才答应我的条件，说如果我能减三十斤，他就娶回丫头。”

我说：“石头这畜生。”

她指着我：“哼！不许你骂他！石头没错！天底下没有哪个男孩子会看上我这种女孩儿，世界上所有的故事里，女主角可能穷可能坏，但一定是美的！“

我说：“好吧，他是对的，是对的。”

她笑了：“可是我一直在想啊想，世界上那么多和我一样丑的女孩儿，最后是怎样嫁出去的呢？”

我说：“喝酒吧喝酒吧，别想那么多。”

两个月后，石头说他在西安找了份工作。

我问他：“真的打算在西安流放？”

他说：“不是，是丫头还没点头，所以我决定留下来，直到她点头为止。”

我想了想，说：“那，加油吧。”

-（8）-

小乔呢，顺利完成 B 计划，整个人又瘦了一圈，露出了高高的鼻梁，尖尖的下巴。

虽然不算大美女，但至少是个看上去很舒服的普通女孩儿。有晚遇见小乔，我开玩笑问："这么漂亮了不打算找个小帅哥吗？"

她说："就是因为漂亮了才不着急呀，我还没谈过恋爱呢，怎么可以随随便便就找小帅哥？再说我从来不以貌取人，我喜欢丑一点儿的。"

我心想，丑一点儿的，肯定是石头。

她像是看懂我心思，狠狠地白我一眼。

我说："好吧好吧，不过既然这么瘦了，C 计划就不用执行了吧？"

她说："不行，石头还没追上丫头呢。"

我说："何必那么较真儿呢，石头已经下定决心去追丫头了。"

她想了想，说："可是我，不能让他担心我会嫁不出去。"

我叹口气："爱情这东西，真是伟大呀。"

-（9）-

2013 年夏天，小乔住进医院，我也叹了同样的气。

她在下班的路上晕倒，被好心人送进医院，等我赶到她已经醒了。

那时我才知道，小乔患有先天性心脏病，一旦减肥太严重心脏就会出问题。严重的话，可能连命都保不住。

但她偏又是个倔性子，出再大的状况，也不告诉石头和父母。等她好一点儿，我劝她说：“小乔，以后千万不能乱减肥了。”

她噘着嘴巴说：“可是我不想做回胖子。”

我问：“胖子怎么了？健康才是人生最重要的部分，你比我更清楚对吧？”

她想了想，问：“可是石头怎么办，她还没追上丫头呢。”

我急了：“傻不傻呀你，无论你减不减肥石头都会追丫头，这与你是胖是瘦减不减肥没半毛钱关系。”

她想了很久，说：“也对哦。”

我意识到自己说错话，但已经来不及，回头她已经是满脸的泪水。

我说：“小乔，对不起。”

她笑一下：“没关系呀。”

小乔出院前又做了一次心脏彩超，我去帮她拿结果，一个年轻的医生很生气地教训我说：“你以后负责任一点儿，别再让你女朋友减肥了。”

我愣一下：“啊？哦。”

医生语气凝重：“去年她就背着你住过一次院，也是因为减肥，说什么人七天不吃饭全身的细胞就会重新换一次，不仅能快速减肥还对身体有好处。”

我叹口气：“她怎么那么傻？”

医生说：“她是傻，但还不都是为了你，不然她瞒着你干什么？”

出门，6 月的阳光太强烈，刺得眼眶火辣辣地痛。

我说：“小乔，答应我，以后不许减肥了，好不好？”

她笑了笑，说："好，但前提是，石头能成功娶到丫头。"

我说："爱情这东西，真是伟大呀。"

–（10）–

2013年的秋天，就在石头宣布和丫头复婚的前几天，小乔再次晕倒。

我赶到医院，她已经躺在了重症监护室里，浑身上下插满了管子。医生下了病危通知书，我觉得事情好像很严重，就想办法联系了小乔的父母。

晚上小乔一家人赶过来，一切都交接好以后，叔叔阿姨让我先回去。

我打通石头电话，却不知道该不该告诉他，问："你和丫头还好吧？"

他："挺好的，如果不出意外的话，下周一就能把证领了。"

我愣一下，笑说："祝福你，这一次记得珍惜。"

他："我知道。"想了想，问："小乔还好吧？"

我咬咬牙："挺好的，就是瘦了好多。"

他笑笑："小乔说她以后不想相亲，瘦一点儿好找男朋友。"

我怕再说下去会忍不住，匆忙挂了电话。

一路上六神无主，走错几个路口，闯了几个红灯。

月亮已经升起来了，我望着月亮想：小乔要是还胖着该多好？

所幸，情况一天好过一天。

终于在两周后，医生说观察几天就能转进普通病房。

两天后收到小乔短信，她说：“我转出来了。”

我飞奔去医院，小乔穿着宽大的病号服坐在床头吃苹果，看见我特傻特开心地一阵笑。

叔叔阿姨都在旁边，我和她只能有一搭没一搭地聊。

又过两天，小乔勉强能下地走路了。

傍晚我去看她，她突然求我：“能不能带我出去一趟？”

“不行，等你再好一点儿吧。”

“不行，必须现在。”

“现在绝对不行。”

“求你了好不好，再晚就来不及了。”

“什么来不及了？”

“医生说恢复得不是很好，必须打激素了，一打激素我又会像上次一样变成大胖子了，所以我想出去拍几张照片，至少证明我曾经瘦过。”

我想了很久，点了点头。

–（11）–

第二天下午，我和小乔里应外合逃出来。

两小时后，她穿着婚纱出现在镜头前，特开心地摆剪刀手。我挽着她走走停停，遇见好风景就拍几张，从黄鹤楼一路拍到江滩的芦苇丛。

小乔开心地说：“回去了你帮我在旁边 PS 个石头吧！哈哈！”

我笑一下，说："好吧。"

傍晚，我扶着她沿江滩散步，夕阳把沙滩涂得一片金黄。

小乔突然问："石头和丫头，还好吧？"

我想了又想："石头和丫头复婚了。"

她愣一下："真好呀，石头终于找回自己的幸福了。"

我："那，你以后不会再犯傻了吧？"

她沉默一下，说："不会了。"

我："小乔，你是我见过最善良的女孩儿，以后一定要好好为自己活。"

她点一下头："好。"

走上柔软的沙滩，吹过一阵很冷的风。

我问："出院以后有什么打算？"

她沉默一下："会去相亲吧。"

我："听石头说你不想相亲。"

她笑了笑："那也没办法啊。"

回医院，小乔站在走廊尽头，盯着地上自己被夕阳的光线拉得又瘦又长的影子不肯回头。

一边哭，一边笑，一边指着自己影子骂："夕阳夕阳你个骗子。"

两周后，小乔跟爸妈回了老家。

–（12）–

一晃两年，丫头生了双胞胎，我收到小乔婚礼的邀请。

婚礼上没有看见石头，小乔也没跟我提起。

不过，小乔没有反弹变回大胖子，现在的小乔和四年前生病的时候一样，称不上是美女，但看起来很舒服，就是人们常说的普通女孩儿。

最最重要的是，婚礼开始，我才发现她老公是个大帅哥。

但是等小乔挽着大帅哥走近一点儿，我越看越觉得眼熟，突然灵光乍现，认出大帅哥就是当年那个教训我不该让小乔减肥的年轻医生。

我心想，小乔，你应该很幸福吧。

婚礼结束后我去辞行，小乔说送送我，她老公很大方地放行。正赶上傍晚，夕阳西下，天边绵延着一排很美的晚霞。

小乔问："石头还好吧？说实话，我已经两年没和他联系了。"

我说："挺好的，丫头刚给他生了双胞胎儿子。"

小乔："哈哈，石头就是运气好。"

我说："小乔，看得出来，你把石头放下了。"

她笑一下："聪明的懂得放弃，真心的懂得牺牲，无私的懂得祝福。爱与被爱都是件幸福的事呢，多年以后，也是一段很美好很美好的回忆。"

我说："你能想明白，真替你感到高兴。"

她笑吟吟："每个人的一生都有两部分，一部分叫青春，一部分叫老去。陪你老去的人，往往不是青春里牵着你手的人。但没关系，你依然会很幸福。"

我说："那你要一直幸福下去。"

她笑一下，突然说："有句想对石头说的话憋在我心里两年了，说给你听吧，说完，以后再不提石头。”

我点点头。

她想了想，轻轻地念：“过去我是你的礼物，你若想起，请慢慢忘记；如今我是你的回忆，你若懂得，请轻轻收藏。”

我在心里默念一遍，突然嘴角咸咸的。

“我老公很帅吧？”

“有眼光，比石头帅多了。”

“从前的从前，我一直在想，世界上那些和我一样丑的女孩儿，是不是一生都没有经历过爱情呢？但我一直想不通，很好奇自己将来的命运，也从来没想过，像我这样的丑女孩儿，也是经历了一番爱情后，才嫁人的呢。”

“小乔，你很漂亮。”

她笑：“你呀，你呀。”

记得有人说，每个女孩儿都是一朵花，花开有迟早。

但，一定有盛开的一天。

小野妹子流浪记

–（1）–

小野是我见过最质朴的女孩儿。

她很少说话，但随和，笑起来有两个美美的小酒窝。化淡妆，打扮也很随便，一头短发看起来格外清爽，尤其配上她清澈的嗓音。

一般这种姑娘，给人的感觉总是傻傻的容易上当受骗。

但小野不一样，她虽然随和，但从不和别人过分亲昵。说话做事也和性格不同，干净利落，不拖泥带水。尤其是和异性，不说过格的话，也不随便开玩笑。与身边的朋友保持一段刚刚好的距离，少有人觉得她假清高。而且经常爆出一些醍醐灌顶的警句。

–（2）–

小野有个原则，就是绝不和男人暧昧。

曾经她有个闺蜜叫朵儿，朵儿有个谈了八个月的男朋友陈呈，朵儿带着陈呈和小野看了场电影，陈呈就私下里偷偷给小野发短信。小野呢，一开始假装没看见，后来好好劝了一阵子，再后来把三人叫在一起摊牌。

可结果是，朵儿没怪陈呈，反认为是小野的错和她绝了交。

大家都感到不值，但小野说：恋爱中的女人容易犯糊涂，我不生她的气，就是有点儿担心，等她慢慢看透一些人和事会受不了。

后来一年不到，陈呈劈腿两回，朵儿才终于清醒。

朵儿决定彻底分手那晚，小野把她带到酒吧，朵儿喝醉后，小野又把她扛出去打车送回家。后来我问小野，为什么对朵儿还像之前一样好。

她说，其实天底下所有的感情都一样，总要产生一些误解，彼此折磨一段时间。如果站在对方的角度想想，再多等等，总有一天彼此都会明白。

给时间一点儿时间，真情总是值得等待的。

–（3）–

小野说，暧昧虽不是劈腿，但也该人人喊打。不给对方留一点儿机会，才能彻底避免做小三的可能。

在爱情里也是一样，一堆肉麻的情话只适合哄小姑娘，理解和倾听才是最迷人的方式。如果你爱我，你会有一万种方式打动我。

话不要太多，三言两语就够了。陪伴也不要太多，只要我需要你的那几分钟你在，你不在也没关系，只要你风雨无阻地赶回来。

那时候我们总说，小野是个值得去爱的姑娘，谁娶了肯定幸福一辈子。

但谁也没想到，小野会和结婚三年的老公离婚。

2010年冬天，下了几场大雪，人人躲在家里。我和可乐几个没事儿玩骰子灌对方酒，小野推开门进来，可乐赶忙起身招手。

小野不紧不慢走过来，笑说："你们都在呀，我路过进来坐坐。"

刚坐下一个绿本儿从口袋里掉出来，被可乐一把抢过去，大笑一通："哈哈哈，准生证原来是绿色的呀，被我逮着了吧？"

结果放在手里定睛一看，赫然三个大字：离婚证。

一圈人都愣住，可乐张大嘴巴傻愣在那里作"我不是故意"状。我脑子短路两秒恢复过来，不动声色地把证从可乐手里"取"下来还给小野。

小野说："没关系呀，大家不用觉得抱歉，离婚而已啦。"

可乐回过神，说："我梦见过自己在草原对着一大条香到她姥姥家去的烤羊腿流口水，梦见过自己中五百亿拿钱砸马云，但我从来没有梦见过你离婚。"

小野笑吟吟："哈哈，梦总是反的呀！"

–（4）–

我想了想，灵机一动："天这么冷，我们涮火锅吧？"

顿了顿，大家立马鼓掌说好，然后分好工，买菜的买菜，生火的生火，支桌子的支桌子。忙来忙去到傍晚，一锅子大杂烩终于开锅。

小野把窗子推开，笑说："吹着冷风吃火锅才有感觉！哈哈哈！"

明白人都看出她有点儿不太对，但也没放在心上。等到开吃前一起碰杯，小野突然问："喂喂喂，怎么没有我的呀？"可乐问："小野你能喝吗？"小野说："等一下，少喝一点儿没问题！"说完从旁边取一个空杯子，自己给自己斟满。

碰完杯她只是尝了一点儿，然后皱着眉头放下。又过一会儿，她说："哇，头有点儿晕晕的。"大家才发现小野不动声色地把面前那杯酒喝光了。

接着她扑进可乐怀里，不一会儿安静地睡着了。

晚上我们不知道该不该把小野送回家，打电话给朵儿。

半小时后朵儿赶过来，看着沙发上熟睡的小野，慢慢地眼泪夺眶而出。她告诉我们，原来不久前小野丈夫出轨，玩网恋，瞒着小野千里迢迢跑到山东去见网友几回。直到人女孩儿怀孕闹到家里来，小野才恍然大悟。

大家叹息一声，都在为小野不值。

沉默一会儿，朵儿才叹口气说："小三急着上位，逼着贱男和小野离婚，不离婚就告贱男重婚罪。小野上周知道的消息，今天早上和贱男离的婚。净身出户，什么也没要，不过贱男也没什么值钱的东西，就一七十八平方米的破房子。"

可乐咬牙切齿地骂道："这种狗男女就该千刀万剐！"

11 点钟，朵儿扶小野出门，外面还在下雪，街上已经是一厘米来厚。朵儿说："放心吧，把她交给我，酒醒了不需要安慰，她肯定还是那个乐观的女孩儿。"

小野迷迷糊糊地问一句：“朵儿，是你吗？”

朵儿答应一声，小野顿时又睡过去。过一会儿，终于有车开过来，我站在马路牙子上伸手拦停，看着朵儿抱着小野坐进去，在雪地里留两条车辙离开。

我叹口气，在雪地里站了很久，直到漆黑一片。

–（5）–

第二天上午我给朵儿打电话，问她：“小野还好吧？”朵儿说：“放心吧，好得很呢，一大早起床做早餐，吃完就上班去了。”

我说：“有空多给她打打电话吧。”朵儿说：“好，中午我过去找她。”大概朵儿心里也清楚，小野和丈夫高中认识，恋爱八年结婚三年，不可能一点儿事没有。

等到晚上，两人有说有笑进酒吧，我心里的石头终于落地。朵儿说：“看，看，我说吧，小野不会有事的，她是我见过的最淡定的女人。”

小野跟着说：“对呀，你们看，我笑得多开心！”

我说：“人活着不就是为了开心，可乐出去买菜了，晚上我们继续涮火锅。”

小野眼睛一亮，问：“真的吗？正好今晚朵儿在，哈哈哈！昨晚那酒真好喝，一喝就什么都忘了。我待会儿要喝两杯，晚上肯定睡得更香！”

我在心里想到一句话，叫，假装自己不在乎。

开吃前小野又把窗子打开，冷风一下子灌进来。

朵儿发感慨说：“过去没空调，一到冬天大家都喜欢凑在一起取暖，大人吹牛喝茶搓麻将，小孩儿爱热闹。后来有了空调，哪里温度都一样，人人一部手机，人人一个角落，每个人都活在一个虚拟的世界里，很多人把它叫作朋友圈。”

可乐说：“得，你别看有人朋友圈狐朋狗友一大堆，但真到了需要帮助的时候，你从头到尾翻个遍也找不到一个靠谱的。”

我说：“唉，一句话戳中多少人的痛处。”

小野说：“对喔对喔，有时候真想回到过去呢，虽然我知道恋旧其实一点儿好处也没有，但我还是忍不住恋旧，越长大越觉得过去好。”

她的语气里难得有一点儿娇气，我回头一看，她脸红透了。再一看，杯子里的酒又被她偷偷喝光。但这次她没立刻倒下，眼睛里泛着泪光愈发迷人。

我知道她肯定很难受，但我又天生不会安慰人。

朵儿问：“小野，你喝了多少啊，是不是喝醉了？”

小野摇摇头，迷离地一笑说：“我和他在一起十一年，什么样的苦日子都熬过来了，但最后和他站在一起的还是不是我，命运就像晴天霹雳一样！”

可乐叹口气，一拍桌子：“妈的，失去你这么好的女人是他的损失，我要是男人，绝壁[①] 陪你生生世世，绝壁生生世世陪你！”

小野扑哧一笑，说：“哈哈，那你快回去重新投胎！”

---

① 网络用语，绝对的意思。

可乐说：“好啊，我这就去！话没说完，听见扑的一下，小野又倒进朵儿怀里。”

我们只好无奈地叹口气。

-（6）-

那晚过后小野彻底恢复以前的样子，还是那个云淡风轻的姑娘。上班下班打车打卡，偶尔来找我们聊天喝酒，一切按部就班。

她的前夫半个月前正式为小三扶了正，还风风光光办了一场。小野净身出户，也没什么存款，在朵儿家住一阵子，后来在同一个小区租了间破房子。

为这事儿朵儿一直抱不平，小野前夫那套七十八平方米的商品房，首付小野也出了一半，而且还供了三年房贷，现在自己却窝在一个小小的出租屋里。

但小野总是很轻松地说：“没关系，我不稀罕！”

-（7）-

春节临近，又下了场大雪，有一晚朵儿急急忙忙来酒吧，说：“完了完了，小野前夫他妈在街上摔断了腿，现在正在医院呢，小野也赶过去了。万一遇见小三怎么办？万一她和小三打起来怎么办？你们说贱男会帮小三还是帮小野？”

我说："不会吧，有你说的这么严重吗？"

朵儿说："废话，当然严重啦！你又不是女人，当然不了解女人，俗话说一山不容二虎，何况还是母老虎！我就问你，前妻和小三同时掉河里，你先救谁？"

我一想，不对："小三是母老虎，小野是病猫吧？"

朵儿也一想："对呀，小野是病猫！"

我拍醒她："那我们还愣什么，赶紧去医院！"

我和朵儿赶到医院，老太太还躺在手术室，小野坐在过道左边，小三抱着小野前夫的胳膊坐在过道右边。

我和朵儿过去分坐在小野两边，小野抬头微笑一下，说谢谢我们过来。前夫和我也算旧相识，相互草草点个头。小三饶有兴致地看我们一眼，沉思一会儿，问："你是小野新交的男朋友吗？你们之前就认识吧？"

我忍着性子答："不是，我和小野只是普通朋友。"

小三说："谁信，我早就听说小野和一个酒吧里的帅哥有奸情。"

朵儿抢在前面唰一下站起来，指着小三："婊子你刚从山东嫁过来，你告诉老娘你听谁说的？"

小三正准备发作，前夫站起来，说："听我说的。"

过道里顿时安静下来，甚至听得见外面的风声，大概过了十分钟，才听见小野一字一顿地问："为什么？"

前夫点了根烟，答案简短而有力："我怕你跟我抢房产。"

小野愣在那里，眼泪一点一点往下掉。前夫猛抽两口，接着说："但是我多余了，你说你什么也不要，这件事，实在对不起。"

小野发一会儿呆，突然拼命往外跑去。

-（8）-

这是我见过女孩儿哭得最要命的一次。

我和朵儿追上的时候，小野跪在地上，一动也不动。等朵儿用力把她翻过来抱进怀里，才发现小野几乎哭断了气，浑身上下都在发抖，一双小手紧紧拽着自己的衣角，像是有种撕心裂肺的声音堵在肺腑里，想哭哭不出，想喊喊不出。

怎么哄也没用，朵儿只好用尽全身力气把她抱进怀里，一只手把她的小脑袋按在自己胸口，另一只手轻轻拍她的背。

哭着哭着小野不知不觉睡着了，朵儿说："这是她一直以来的好习惯，每次一伤心总能哭着哭着就睡着，醒来后哪怕强颜欢笑她也会笑给你看。"

我叹口气，说："小野真让人心疼。"

朵儿说："真想不通，为什么好人总是受欺负，贱人却总是安然无事。"

我笑一下，说："很简单，人不要脸则无敌。"

月亮升起来了，小野还是没醒，我和朵儿只好继续在地上坐着。因为是冬天，夜晚越来越冷，我把外套脱下来披在小野身上。

朵儿说："你这个举动让我想起一些过去的片段，想起初恋，那时候什么都简单，谈恋爱就是谈恋爱，喜欢就是喜欢。心动了想的就是和对方过一辈子，哪还有心思出轨。一块巧克力就能幸福好几天，也不会想什么豪车大房子。"

我说："对呀，那时候喜欢一个人，就是想和她过一辈子。"

朵儿说："但是后来，突然就什么都变了。感觉就像做一场彩色的美梦，一梦好多年，突然梦醒了，才明白过去自己多傻多可笑。”

我回味着她的话，不知道该怎么回答。

朵儿看一眼月亮，说：“好比小野，喜欢一个人十一年，不离不弃地陪着吃那么多年的苦，结婚后还要还房贷，离婚时什么也不要，不是她伟大，是因为她还深爱着他。因为还爱着，所以想证明给对方看，我爱你，大于金钱，大于一切，甚至大于自己。可换来的是什么呢，恐怕不仅仅是背叛吧。”

东风恶，欢情薄，一怀愁绪几年离索，错错错。

–（9）–

小野再也没有恢复以前的样子，一下子憔悴许多。

半个月后，她的情绪稍微好了一点儿，有一天晚上来酒吧，说想消失一段时间，等彻底调整过来，回来重新开始生活。她说自己今年二十八岁，之前一直为爱情而活，为别人活，以后想为自己活。

晚上我们喝很多，小野也彻底敞开喝，形象完全颠覆只求一醉。喝到动情处，朵儿诗性大发：

“幸福请了假，漂流在远方。流浪变成另一种开始，淡了回忆，痛最真实。眼泪掉下来，多无奈，爱到不知廉耻。谢谢你的绝情，让我心死。”

小野闭着眼睛深深地笑了一下。

两天后，小野背着包离开。朵儿告诉我们，临走前她去银行取了两万，其中一万二悄悄塞给了前婆婆，婆媳两个抱在一起哭了一下午。

前婆婆住院期间也一直是小野在照顾，新媳妇很少来，家里忙装修也拿不出多余的钱，所有医药费都是小野想的办法。

朵儿说，小野走之前那晚住在她家，半夜偷偷坐起来，打一支小小的手电筒看前夫的照片。用手一寸一寸抚摸着，眼泪悄悄地，一滴一滴往下掉。

小野走了，也许明天就回来，也许永远不会回来。

青春就像一场彩色的梦，一旦梦醒，一切都将褪去光彩变成黑白。活在梦里的我们永远不知道何时梦醒，何时又将走进下一个人的梦里。

但有一天，梦一定会醒，你不再轻易被感动，也不再轻易发怒。你会明白很多道理，但你说服不了自己。你在白天始终面带笑容，在夜晚一个人赶路。

流浪变成另一种开始，淡了回忆，痛最真实。

情是一座孤独的城

-（1）-

我有一个叫可乐的神经质妹妹。

上学时早恋，毕业后晚恋。十四岁时牵着小男友的手对我说："哥，这是我老公，帅吧？"我说："帅，但是最好别让二叔看见。"她说："得了吧，刚在我家吃完饭。"

十年后，二十四岁的小妹单身，闺蜜同学纷纷嫁人，小妹一点儿不急。

每次我问她："可乐你不着急吗？"

她总是说："结婚这事儿吧，早一点儿，晚一点儿，迥然不同，天差地别。千万不能急，现在渣男那么多，满大街都是披着羊皮的畜生，一急就嫁错人！"

我说："好吧好吧，那你想象中的另一半到底长啥样？"

她说："渣男配腐女，婊子配贱人，你妹配男神！"

我冷汗。从小她就是个段子手。

-（2）-

2014年冬天，小妹终于有人追，生日那天，小伙儿送一部5s（苹果手机）。当时5s四千多，是她收到最贵重的礼物，但她并不开心，一直趴在桌子上发呆。

我哄她：“别胡思乱想啦，该笑啦，小伙子都为你卖肾啦！”

可乐说：“我下午一直在想一个人，准确说是想一件事儿！”

我一想，可乐只谈过一次恋爱，如果想一个人的话肯定是她乳臭未干的初恋。我说：“你都多大啦，还在想当年和你过家家的小屁孩儿啊？”

她说：“你懂什么！我们当年差点儿就结婚了！”

她所说的“差点儿”，是指当年大学毕业，两个人商量好一起回家偷户口簿结婚，结果她偷着了，小男孩儿没偷着。后来两人一个留在武汉，一个去上海。

半年不到就分手，分手那天可乐向我哭诉：“哥你知道吗，当初我俩商量好回去偷户口簿结婚的，结果我偷着了他没偷着！后来我才知道他是骗我的，他根本就没偷！他说没准备好，不想结婚！你说哪有这样的男的啊！”

我说：“傻丫头不哭，哥带你吃好的！”

带她到银松路，点两盆巨大的油焖大虾。可乐边吃边说：“哥，你别说，没有血缘关系的人就是不靠谱，我要把他忘了！”

我说：“对，把他忘了！没有血缘关系的人都是骗子！”可乐说：“骗子！大坏蛋！”我附和说：“对，骗子！大坏蛋！”

可乐突然大声：“对，骗子！大坏蛋！乌龟王八蛋！”

旁边的人都望过来，我想找个地缝钻进去！

–（3）–

当时我也是个爱情白痴，不太懂男女关系，只能天天带她吃好吃的。

在我那儿吃一段时间，可乐说：“哥我想去上海。”

我说：“想去就去吧，不去你肯定不甘心。”临走前又带她大吃一天，中午出发，坐轮渡到户部巷，从街头吃到街尾。完了我提议去昙华林，她说想回学校看看。

明镜湖、零食店、旧食堂……陪她逛一圈。

可乐的大学很漂亮，图书馆外种满了枫树，正赶上秋天的尾巴，一片凋零的火红，拍照的美女特别多。她见我视线总是跟着一个个路过的美女转移，说：“哥，我记得你说男人都很坏！”

我想起来，佯装生气：“那你当时为什么不听话？”

我上大一时可乐开始恋爱，问我：“哥，谈恋爱有什么需要注意的？”我说：“谈恋爱很正常啊，但是上大学前，不准和男孩子开房。”

她问我：“为什么呀？”我思忖良久，郑重地说：“男生都很坏。”

-（4）-

2012 年的秋末，可乐一个人坐火车去上海。

我送她到火车站，她说：“哥，其实我去上海不是为了找他。但是不去总感觉心里空落落的，我觉得无论如何我都要去一趟，不然肯定后悔一辈子。”

我说：“放心去吧，不开心了就回来，养不活自己哥养你。”

可乐说：“哈哈哈，就等你这句话，终于可以放心走了！”

我拍拍她的小脑袋，说：“好好照顾自己。”

每个人心里都有一座城，装着过去的风景和故事。有些人一旦离开，整座城池就坍塌。荒凉占据白天，孤独包裹夜晚，煎熬着你的日日夜夜。

于是你拼命往外逃，以为城外的天空会很蓝。

你把希望装进信箱，一个人踏上旅途。你以为它会在终点等你，但你只填了城市，忘了具体的目的地。所以终点没有希望，希望还在路上。

人人都想去远方，但远方未必就有好风景。

-（5）-

半年后可乐打电话，说：“哥，我有点儿累了，我想回去。”

我说：“回来吧，哥带你吃好吃的。”

几天后，可乐回武汉，拖着离开时那个行李箱。回到房间，她把箱子打开，里面几乎是空的。离开前非要带走的瓶瓶罐罐，存着她和初恋六年书信和纸条的大盒子都不见了。只有几件穿旧的衣服，和她从不给我看的上锁的日记本。

可乐说："哥，我把过去的东西都扔了，我要重新活一次。"

我说："好，过去的归过去，未来的归自己。"

她猛点头，点完愣一下，伸手把箱底的日记本捡起来，拿在手里发一会儿呆，说："哥，这个你帮我保管吧。里面装的东西太多了，我舍不得扔。"

我说："好吧，我帮你'封印'起来。"

后来可乐一直单身，窝在家里写小说，立志当个作家。

白天在家写作，晚上去酒吧看下吧台，和各路男女打成一片，很多人追她，帅哥型男一大堆，但她谈"情"变色，对爱情仿佛有很强的免疫力。

别人帮她找对象，可乐总是说："一辈子拼死拼活爱一个人这种傻事儿真的只会有一次，我已经傻过一次了，不会再傻第二次。"

有一回朵朵问："可乐，你不会看破红尘准备出家为尼吧？"

可乐说："对呢，我打算削发为尼，然后去勾引和尚。"

－（6）－

2013年的冬天，可乐突然找到我，说："哥，你把日记本找给我。"

我心想，两年了，该不会还没忘掉吧？"

见我一脸疑问，她说：“哥，没别的意思，我就是想把它毁了，以后再不想看见。”

我叹口气，找出来交给她。

可乐把日记本捧在手里，从头到尾翻一遍，花一个下午。等到傍晚，她突然从发呆中惊醒，想也没想直接丢进火炉。站起来走到窗边，轻轻推开窗子。惊喜地喊我：“哥，哥，你看，外面下雪了。”

外面雪已经下了一个下午，她竟然才发现。

我说：“你和我一样，从小喜欢下雪。”

她笑：“对呀，一直很喜欢下雪，很喜欢冬天。”

沉默一会儿，她说：“哥，他今天结婚了，虽然分手后我们一直没联系，但是都没删对方 QQ。他已经两年没发说说了，今天突然发了一条。”

我呆住，还没完全反应过来，可乐抢先一步说：“哥，你不用安慰我，我没事。”

顿了顿，她又说：“我长大了，我不怕了。”

–（7）–

又过一年，2014 年的冬天，可乐生日那天收到一部 5s。

有个小伙子对她表白：“可乐，我喜欢你很久了，答应做我女朋友吧？”

可乐说：“先让我想想。”趴在桌子上想一个下午。晚上我问她：“傻丫头，想好了没有？”她说：“哥，我想了很久，我想把手机还给他。”我说：“不喜欢啊？”她说：“喜欢啊，但是我纠结的不是这个问题，我一直在想你送我的那部山寨机。”

我说：“哈哈。原来可乐喜欢山寨机，那我们把 5s 卖了买它一大堆。”

她说：“不是啊哥，我是在想与那部手机有关的一些事。我记得那时候月租十块，二百条免费短信，三十兆流量，但是却能用一个月。我和他刚恋爱时一直用短信聊天，每晚藏在被窝里聊很晚，满怀期待地等，欣喜地看，认真地回。”

对着窗外吹一会儿冷风，她笑吟吟地继续回忆：“每条短信字数都很满，有时候为了多打一句话，一个字，连标点也要省。超过二百条一条一毛钱，所以每条短信都很让人珍惜，从来不会只发一个表情，一个‘哦’，或一句‘呵呵’。”

我有点儿被打动，说：“可乐，我懂你的心情，过着过着什么都变了。”

她说：“对呀，但是，谁又能有什么办法？”

第二天，可乐把手机还给了小伙子，说暂时还不想恋爱。

回酒吧，她满心欢喜地说：“哥，我决定出去旅游一次，回来后好好追我的作家梦。我要好好思考一些深刻的东西，比方说爱情，它就像一座城，困在里面的时候什么也看不见，出来后发现也就那么回事儿。人生还有更多有意义的事情等着我，比方说，过去天天挂在嘴边儿的理想，还有环游世界，看极光，好多好多！”

我说：“你想明白啦！想明白啦就好，去吧，哥永远做你的后盾！”

她说：“哥，你也是，早点儿给我找个嫂子，好好恋爱，好好生活，好好赚钱买个大房子！”

我说：“没问题，但你也要答应我，做回过去那个乐观自信的女孩儿。”

她伸出小指头：“拉钩上吊一百年不许变，谁变谁是小狗狗！”

我把小指头伸过去和她拉个勾，说：“你呀。”

-（8）-

但是高兴的同时，我突然想起那个被她烧掉的日记本。

那天可乐才告诉我，里面记的是他们六年来所有的短信。开始是因为那时的山寨机内存小，存不下几条，但是每一条她都不舍得删掉，就在删掉前一条一条记在本子上。后来养成了习惯，一条一条，记了六年。

我才明白一点，为什么两年过去她还是不想恋爱。

可乐说：“有一段时间，你会很爱很爱一个人，把他装进心里，装进梦里，装进你的生命里。你会怀念和他的点点滴滴，无论小打小闹，还是偶尔的亲密无间。你会突然想起一些温暖的片段，表白时的心跳，拥抱时的安全感。然而有一天，梦会醒，希望会破灭。现实就像一场刀子雨，下得整个世界昏天黑地。”

你会把所有关于他的记忆，一把火烧掉。

但不幸的是，灰烬依旧会落在心里某个角落，永远余温尚存。冷不丁被风吹起，搅得你痛不欲生。

情是一座孤独的城，越是在乎越受困。

总有一段时间你待在里面，看不见未来的路。失去一个人就像失去全世界，心被掏空，梦想的稿纸被撕碎，一切都没了希望和意义。

但你要记得，人生不光只有爱情，失去并不一定是坏事。

总有一天时间会让你恍然大悟。

那些注定要走的人，是真的留不住。说不出口的挽留，怎么也说不出口。但不管怎样，有你路过我的青春，回忆起来依然会笑，真好。

那，我会争取幸福，你也要好好过。

3

希望遇到一个
如你般温暖的人

你努力去爱的样子，又孤独又美好

有你在我身边，我哪儿也不去

–（1）–

什么样的男人可以用可爱来形容？

一种由于种种原因自卑内向，单纯羞涩，一把年纪了还没碰过女孩儿的手，说句话就脸红；一种阳光开朗，幽默，笑起来又有点儿小腼腆；还有一种智商高，情商为负数，经常一句话能把你憋出内伤。

我有一个大我六岁的小叔，急性子，死脑筋，非典型理工男，偶然性段子手。要么不说话，要么一说话能把你气个半死。

他的女朋友叫小南，口头禅是：我怎么会喜欢这货？

我一般叫小南小婶儿，但她还没嫁给小叔。小婶儿聪明伶俐，不过胸无城府，虽然小叔很穷，又蠢，但她从不嫌弃，而且坚信小叔是支潜力股。

小婶儿给我讲过一个笑话，她说高中时，有天早上在开水房打水，身后站着一男生。不知道为什么瓶盖怎么也拧不开，这时身后的男生关切地问，拧不开么？

小婶儿娇羞地答，嗯呐。

结果男生说，那你边儿上拧去，我先打水！

小婶儿直翻白眼，心想，世上怎么会有这么不靠谱的男生呀？

后来，小婶儿却喜欢上这个不靠谱男生，就是我的小叔。

-（2）-

小叔和小婶儿在一起总是有发生不完的趣事，比方说，小婶儿刚化好妆，蹦蹦跳跳问小叔：“看着我的眼睛，认真一点儿，你看出什么了？”

小叔审视良久，说：“左边这只白眼球上有八条明显的血丝，右边这只十一条。我猜，你昨晚肯定没好好睡觉，又玩手机了对不对？真不听话，来，趴下，打屁屁！”

小婶儿一巴掌过去：“老娘用睫毛膏把睫毛涂这么长，你瞎呀？”

秋末天气转凉，遍地火红的落叶，小叔坐在门口黯然神伤，小婶儿过去问：“猪头，想啥呢？”

小叔叹口气说：“多美的秋色呀，多美的地球啊。”

原本我以为他准备吟诗，结果这货严肃地说：“我比较担心，万一四十六亿年后，太阳真变成红巨星吞噬了地球，人类的文明彻底消失，你和我都不在了，这是一种多么大的悲哀啊？”

小婶儿怒：“整天脑子里都在想什么乌七八糟的，有想我吗，你到底爱不爱我？”

小叔：“爱你，就算太阳吞噬了地球，我也一样爱你。”

小婶儿一听，正洋洋得意。小叔猝不及防来一句：“但有些话我还是要说，你们女人就是目光短浅，一点儿都不关心科学！”

我在旁边盯着小婶儿的表情，吓出一身冷汗。

-（3）-

小婶儿和小叔都是彼此的初恋，在一起五年了，感情一直很好。但两人的情路并非一帆风顺，等毕业到了谈婚论嫁的时候，才发现困难重重。

他和小婶儿去年毕业，原打算年底结婚，但寒假小叔去小婶儿家提亲，未来岳母一点儿好脸色也没给。一直强调小康家庭对温饱家庭，门不当户不对，一开始含沙射影地说，结果小叔情商太低没听出来，岳母只好往难听了说。

小叔是急性子，脾气一上来，饭也没吃，摔上门走了。

所幸小婶儿是明白人，追几条街追上小叔。原以为他肯定怒气冲冲，结果冲上去抱住，才发现这货竟然哭了。

小婶儿说：“你哭什么呀，真没出息！”

小叔说：“我答应一毕业就娶你的，现在看来做不到了，我说话不算话。”

小婶儿一听自己也哭了，把头埋在小叔胸口，说：“猪头，你出去奋斗吧，我等你回来娶我。”

小叔说好，过完年就走进了火车站。

两人开始了异地恋。

-（4）-

那时我还在高中，小叔走后，只能偶尔听到他一点儿消息。一年半后我上大学，和小叔一个城市。去学校报到那晚，小叔带我去银松路吃大虾，蒜蓉油焖各点一盆，两打罐装啤酒，喝到微醺。

喝罢去江滩吹风，已经很晚，聊天时他问我有没有找女朋友。我一时想起来，问他和小婶儿咋样了，打算什么时候结婚。

他沉默一会儿，长长地叹一口气。

我说："咋了，这不像你啊？"

小叔说："我也不知道，就是感觉时间越来越不够用了。以前遇见天大的困难我也能冷静下来，但现在完全不行，一天比一天浮躁。说心里话，过去我一直坚信自己将来特牛，早晚一天会暴发。但现在一天比一天没信心，总害怕有一天自己会一事无成，说过的大话，许下的承诺，一个也实现不了。"

我说："唉，你才出来一年半，还多的是时间。"

他摇摇头，笑了笑说："等毕业，你会突然发现时间不够用。这玩意儿会一步步紧逼着你，压在肩头的'责任'两字也会越来越重，你现在还没法理解。"

我突发奇想，说："小叔，你有没有想过和小婶儿，裸婚？"

他一愣，直翻白眼："裸婚？裸个屁的婚！就算是演电视剧，人刘易阳和童佳倩至少还有一房子吧，就算和爸妈住，人多少也有点儿存款吧？”

我一想也对，说：“那问个问题，你现在有多少存款？”他立马回答：“一万三。”我说：“呀，记这么清楚？”他说：“废话，烂肚子里又快一个月了。”

我叹口气，问：“那你有没有计划娶小婶儿的时间？”

他认真想很久，说：“我随时都想，但，我担心那一天会有些晚，可能会有变故。”

我说：“好吧，加油加油，男儿立志出乡关，不开大奔誓不还。”

－（5）－

在我印象中，小叔和小婶儿第一次闹矛盾是在我大二的时候。

有一天晚上小叔下班回家，小婶儿突然给他打电话，说：“对不起呀猪头，白天我在父母的威逼利诱下阴差阳错地和一个男的相亲了。”

小叔说小婶儿解释了很多遍，说只是上了父母的当去餐厅吃饭，去之后才发现对面坐着一男的，而且对他哪儿哪儿都不满意，根本没有任何可能，叫小叔不必担心。

但小叔还是把我叫去陪他喝酒，而且情绪低落到极点。

我说：“小叔，小婶儿既然明白对你说了，你就完全没必要担心。”

他点点头，说：“我知道，她什么事都告诉我，从来不隐瞒。但我担心的不是这，而是怎样改变现在的状态，我想早点儿成功，但一时找不到路。”

我想了想，说：“小叔，你心态是不是出问题了？”

他笑了笑，说：“算是吧，其实对工作我很努力，尽量做到最好，只是觉得没有出息，短时间内看不见希望。谈创业没经验又没资本，不知道如何下手，畏首畏尾，所以越过越迷茫，越过越心急，想辞职又担心下一份工作还是浪费时间。”

我想很久也想不出鸡汤，他笑笑说：“你陪我走走吧，不用想着安慰我。”我突然灵光乍现，问：“小叔，你觉得人生像什么？”

他想了想说：“像马，神马都是浮云。”

我说：“不，像路，不积跬步，无以至千里。不管你的目标是眼前的小山顶还是珠穆朗玛峰，都必须一步步走好脚下的路，唯一的捷径就是加快速度。”

他仔细思索一番，郑重地点点头。

–（6）–

小叔是设计师，本来就经常加班，这天回去后，开始疯狂加班。除了工作，还在网上接一些零活。而且生活也更加节省，打个最简单的比方，过去他请我吃小龙虾从来都是点两盆，现在千方百计说服我只点一盆，吃不饱多喝啤酒。

有一次去江滩闲逛，我内心有愧，说：“小叔，别拼命加班，身体是革命的本钱。”他长叹一声，朗诵道：“人生自古谁无死，留取丹心照汗青。”

我说：“小叔，鸡汤有毒，要分清成分再喝。”

他说：“有些人死了，他还活着。有些人活着，他已经死了。如果不想将来死了等于没活过，那就要加快速度，抢在死之前证明你曾经活过。”

我说：“好吧，你病得不轻。”

他哈哈一笑，说：“我开玩笑，其实我知道，身体比什么都重要，我还要留个结实的肩膀给她靠呢。所以我报了健身班，每周至少去三回。”

我有点儿惊讶，说：“原来你什么都懂，过去我一直以为你情商低。”

他笑笑：“小南经常开导我。”

我说：“想起一句话，每个愚蠢的男人，背后都有一个聪明的女人。”

他直翻白眼，说：“你够了。”

–（7）–

大三下半年，小叔终于辞职，他和别人合伙在汉正街附近租了个小小的门面，开了个简陋的广告屋，帮别人设计店招宣传单之类的东西。

我去帮他搬家，打开一个抽屉，里面堆满了火车票。出于惊讶，我随手翻了翻，发现一连串带疑问的数字，3 月 5 号、11 号、18 号、23 号、31 号。

小叔刚好从屋子里出来，我问："你和小婶儿一个月见五次面？"

他一愣，说："不是啊，有时见很多次，有时几个月才见一次。"

我把刚才那串数字报给他听，他想一下说5号那天她病了。我说那11号呢，他说11号那天她病好出院。我说那18号呢，他说19号是她生日。我说23号呢，他说22号晚上她说想我了。我说那31号呢，他说她又想我了。

我说："好吧，小叔你赢了。"

他说："你不知道，那个月她情绪特别低落，像是来了一个月的大姨妈。所以我必须回去陪她，我如果不回去，她连个可以依靠的肩膀也没有。"

我说："小叔，我有点儿感动。"

他骄傲地说："谈恋爱，以后你得跟叔学！"我转转眼珠，说："那你跟谁学的？"他卖起关子，说："你看看你小婶儿的QQ签名。"

我打开手机，点开QQ，一个字一个字看得很慢：想遇见这样一个男孩子，不找借口，不说谎话，不编故事。想爱上这样一个男孩子，时而幽默，总是白痴，顶着个大猪头。我知道这样的男孩子，寻遍这世界，只有一个你。

我深呼吸一口，说："好温暖。"

出于好奇，我又点开小叔的头像，他的签名是：姑娘，你不缺幸福，缺的是我这样一个男孩子。

我笑笑，说："小叔啊，你真不要脸。"

他的空间里，还有一条有意思的说说：我的汗水似清泉，但只为你一个人解渴，为一群人解渴的，那是农夫山泉；我的热情似火炉，但只温暖你一个人，温暖一屋子人的，那是中央空调。

我问小叔在哪儿抄的。

他从抽屉里翻出一张明信片，说这儿还有一段话快拿去消化。我翻过来，笑吟吟地往下看：荷尔蒙负责一见钟情，柏拉图负责白头偕老。所谓的真爱和真情，不过是生活的积累和岁月的沉淀。想念是一个人的夜晚，深爱的人不在身边。承诺是一颗透明的心，同荷尔蒙说再见，与柏拉图说永远。

看完我认真回味一下，说：“不错啊。”

他突然郑重地说：“要记在心里。”

我点点头。

–（8）–

很快到了傍晚，小叔说下去买饭，吃完再收拾。

我说好，等他出门我进卧室搬凳子，才发现他的房间寒酸成这样：不到十平米的小屋子，一米二的单人床，小小的桌子上摆着一台落满灰尘的显示器，一台发霉的台灯。一桶没打开的泡面，两罐红牛。

墙上还有一句警示语：时间不多了，你得加点儿劲儿！

塑料闹钟上，他学鲁迅刻了一个字：早。

窗外，夕阳正美，晚霞在天边摊开。

我心想，日出和日落这么美，或许是为了告诉我们，一切美好的东西，都伴随一场漫长的等待。耐心一点儿，过程或结局，总有一样不会令你失望。

两年后，我大学毕业，小叔付了房子首付。在我工作的第二个月，他和小婶儿领了证。我因为工作关系没能参加婚礼，到现在仍觉得遗憾。

但他们的点滴像是一面镜子，每当困难时，总能提醒我坚持。

-（9）-

我想，每个人的爱情其实都相似，一个过程两种结局。

总有一段路哭着笑着走完，总有几个夜晚只有孤独相伴。总有一段幸福天黑得总是太早，总有一段爱恨日落前一笔勾销。

在心里彼此换个位置，多一点儿耐心和谅解。

时间会证明，总会有一个男孩子，不找借口，不说谎话，不编故事。无论他是清爽的泉水，还是温暖的火炉，永远只为你准备着。也会有一个女孩儿耗尽青春，只为等待一个你。

爱的信仰是牵着你的手一直走下去，走到尽头再看到底错到哪里。

千言万语，抵不过一句：我就在这里，哪儿也不去。

不再让你孤单

-（1）-

老李唱歌讲的是即兴，兴致一上来想到什么都能来一段。

比方说喝酒，稍微有一点儿醉，他立马就开始弹唱：

“这酒不错，入喉就像一团火。几杯下肚，流泪的男人就醉了。可惜不记得，心爱的姑娘嫁到哪儿去了。所以不快乐，快给我一把吉他唱唱歌。”

唱完老李一般会举起酒杯吆喝：“来来来，敬那些年，我们爱过并失去过的女孩儿。”

老李今年五十二岁，来自北方，能喝能唱，是个大大咧咧的性情中人，喜欢和年轻人打成一片，大家都叫他老顽童。

据说他年轻的时候在北京酒吧唱歌，爱上一个武汉姑娘，姑娘毕业后老李追到武汉和她结了婚，结婚后继续漂回北京。等他再回来的时候姑娘已经不爱他了，不得已离婚，离婚后老李留在武汉舍不得走，转眼就是一把年纪。

但老李很少提他的过去，提也是胡编乱造，经常编一些故事糊弄年轻人。

有一回喝醉，他说：“想当年参军，有一个战友和老家的姑娘异地恋，结果那哥们一当就是十八年。十八年后回老家，以为妹子早嫁人了，结果人家还在等他，等得啊，门牙都掉了两颗。”讲完他开始抹眼泪，入戏的也跟着抹眼泪。

终于有人发现不对：“都别哭，哭个屁啊哭，老李压根儿就没当过兵！”

大家猛地清醒，感到智商受到压制，冲上去疯狂灌老李酒。

只有一个小伙子还活在梦中，特认真地问：“那后来呢？”

人人张口结舌，老李见小伙子不像是在开玩笑，吞一口吐沫说：“后来我那战友感动之下娶了掉牙的姑娘，姑娘为他生了个大胖小子，从此两人过上幸福的生活。”

小伙子涕泪俱下地说：“虽然知道你是编的，但我还是感动。”

当时我心想，这个小伙子智商大概有点儿捉急[①] 吧。直到后来混熟了，我才发现，岂止是捉鸡，比湖面上的鸭子还难捉。

老李一句话总结得最贴切：“对于这种智商，简直是叔可忍，婶儿不能忍。”

① 网络用语，着急的意思。

–（2）–

小伙子叫冬生，宁夏人，属羊，性格温和，和老李放荡不羁的性格正好互补，很快亲如父子，最喜欢听老李扯淡和讲一些天马行空的故事。

有一回在酒吧，老李说："想当年我成绩名列前茅，是我们村儿有史以来最接近北大的苗子。但是高考发挥失常，以一百五十来分的'微小'差距与北大失之交臂。从那时起，我的梦想就是娶一个北大的姑娘做老婆，于是我就娶了。"

我大笑说："妈的，你们村儿的村史真是惨不忍睹。"

老李说："你懂个屁，出不了龙但飞得出凤凰，我们村儿姑娘好看啊！"

冬生突然插话："对对对，我们村儿姑娘也好看！"

老李兴起："快讲讲，快讲讲，你们村儿哪个姑娘好看？"

冬生说："我喜欢的姑娘好看。"

老李玩笑说："那算了，干儿子妻，不可欺。"

冬生兴奋地大喊："干爹？！"

老李跳起来："你玩真的？"

冬生想了想说："我仔细一想，你比我大三十岁，叫你一声干爹，我不吃亏。"

老李愣住不说话，表情让人捉摸不透。

我大喊："哇，缘分啊。"

从那天起，老李和冬生还真亲如父子，每次来喝酒都是一起。

我听老李说，冬生和他同病相怜，高中和一姑娘谈恋爱，毕业后人姑娘上大学，冬生没考上，被父母强迫去当兵，一当就是五年。回来发现姑娘举家迁到了武汉，便千里迢迢追过来，结果姑娘父母嫌他学历低，打死不同意。

我恍然大悟，说："怪不得那天他非要把故事听完。"

老李说："对呀，幸好老子编了个幸福美满的结局。"

–（3）–

老李生日那晚，冬生提两瓶茅台孝敬他，我也一饱口福。

老李喝醉，问："冬生，你媳妇儿呢，她妈还是不同意吗？"

冬生说："不同意，前两天还在给我发短信，说癞蛤蟆别想吃天鹅肉。"

老李一拍桌子，说："你这丈母娘素质真差，就凭这句话，就算我儿子是只癞蛤蟆，我也非得让他吃着这天鹅肉。"

我提醒老李："是干儿子！"

老李眼睛一瞪："亲儿子，在我眼里，冬生就是我亲儿子！"

我直哆嗦："是是是，亲儿子，您亲儿子。"

冬生说："我从小没爹，后来我妈改嫁，后爹像是跟我有仇，只对弟弟好，天天背着我妈打我。所以我打心里觉得干爹和亲爹其实也差不了多少。"

老李叹息一声说："不说了，喝酒喝酒，喝完我唱歌给你们听。"

我说："好吧你快上去唱。"

老李嗓音浑浊沧桑，撕心裂肺，听起来直击肺腑。在我知道酒吧街之前，他在这一片儿就很有名。

一杯酒下肚，老李抄起吉他坐上去，说：“今天，我要为我干儿子演唱一首，歌词可能会很激烈，来来来，酒杯举过头顶！气氛走起来！”

大家都认识老李，听他这么一吆喝都站起来准备疯一把。

老李一拨琴弦：“路遥远，我们一起走。我要飞行在你彩色的梦中，对你说，我爱你。我不再让你孤单，我的风霜你的单纯。我不再让你孤单，一起走到地老天荒……”

大家都问：“老李，你咋不改编了？你一不改编听着还真不习惯！”

老李脖子一梗，开始胡编乱造：“梦中有一条灰色的路，我一直走，一直走，走过寂寞无人的夜晚，走过无限荒凉的人间，走过这辈子所有的悲伤与苦难。只要有你陪着，这条路终会变成彩色，太阳会升起来，漫山遍野的花会开，风儿和鸟儿一起歌唱，秋天就会有丰收，等到冬天来临的时候，在雪地里牵手走到白头。让我们相信爱情的力量，相信美丽的誓言。从此刻起，牵着我的手，不再让你孤单。”

酒吧里响起一阵经久不息的掌声。

–（4）–

等安静下来，老李说：“给你们这群娃娃编了一大堆故事，今天来个真的，在我老家有个姑娘，嫁人不久丈夫就入了伍。老一辈的都叫她丈夫延平，延平开始在山东入伍，待了五年，后来被派到广西柳州，待了四年。当兵九年，一共回家七趟，终于熬到被调回老家，结果在下火车转大巴回家的路上出了事，人一下就没了。姑娘得知消息在家里割腕，没成功，被送到医院抢救过来。半个月后，姑娘说想吃苹果，丈母娘就出去买了苹果和水果刀，等丈母娘睡着了，姑娘又割腕，早上发现已经没有了呼吸。护士在姑娘手里发现一封信，信上写着……"

老李突然停下，缄口不言，表情异常凝重。

半天他还没开口的意思，大家都忍不住问："信上写的什么？"

老李左叹一口气，右叹一口气，就是不张嘴。

大家忍无可忍："老李你快说呀！"

老李把手一伸："想知道？想知道每人一百块！"

我们都冲上去，准备强行逼供，老李一拨吉他，说："信上写着……"

大家停下脚步，准备侧耳聆听，老李说："等一下，我想先和我干儿子唠两句。"

冬生默默走到老李面前，大家望着他的憨态欲言又止。

老李说："想当年我在北京酒吧唱歌，一个月薪水五千，房租一千二，生活费八百，老妈身体不好，每个月给家里打两千五。但是，我爱上一个北大的姑娘，来自武汉，父母都是高校的老师，无论学历长相家庭都甩我八条街。这才叫真正的癞蛤蟆想吃天鹅肉，而且天鹅飞在天上，癞蛤蟆还窝在井底。"

顿了顿，老李一口气说完："但癞蛤蟆为什么就追上天鹅了呢？我告诉你们，我追了她整整三年，从北京追到武汉，为了学历稍微赶上她一点儿，我起早贪黑看书，从北京看到武汉，拿下了武大的在职本科。为了条件追上她，我辞了酒吧的工作，白天打工晚上兼职，从跟单干到销售经理。娶她的时候，买的是两万的戒指，两辆北京现代，她一辆，她妈一辆。”

人人瞠目结舌，都问老李：“该不会又是编的吧？”

老李暴怒：“编的？要是编的，你们觉得一个乡下走出来的穷孩子能开上路虎住一百平方米的房子？就算是编的，我也是想让你们记住，一个男子汉，可以穷可以丑，可以出身卑微，但一定不能没胆识。你想走的路，得你自己走出来。你想要的一切，得你自己给自己。”

顿时安静，我也在想，老李的话是不是极端了点儿？

过一会儿，老李放缓语气，说：“刚才的话是难听了点儿，但我没恶意，我只是想告诉大家，男子汉不能怂，因为你得对得起这三个字。”

又过一会儿，大家把酒杯举起来，说：“为男子汉干杯。”

–（5）–

听完老李的话，冬生沉默许久，决定去找丈母娘好好谈谈。

第二天一大早他就付诸行动，买来两瓶五粮液，手里还提着两盒脑白金，脸上写着：神挡杀神，佛挡杀佛。

两天后老李带他来酒吧，痛饮一场。

直到冬生倒在沙发上，老李低头坐着。

我坐过去，问：“什么情况？”

老李叹一口气说："这傻小子跟他丈母娘讲了我的故事，结果丈母娘说，那好哇，你给我买一辆现代，再有本事买栋大房子，我就把闺女嫁给你。"

我沉默一会儿，问："那冬生买不买得起？"

老李摇摇头，说："他退伍的时候部队补贴十来万，差不多是他全部的家当，现在路口摆摊儿烤鱿鱼呢，鱿鱼烤得再好吃，也得烤个几年吧。"

我想一下，玩笑说："你那么有钱，不帮帮你儿子？"

老李叹口气："我是想帮，但我在想怎么帮，直接给他钱那是害他！"

我心想，看来冬生好运气。

–（6）–

从那天起，老李开始教冬生做生意，一边传授理论一边带他实践。

有一次老李一个人来酒吧，说："冬生这小子虽然傻，但身上有一股子韧劲，孺子可教啊。"

两个月后，老李帮他在十字街盘下一个门面，把鱿鱼摊变成鱿鱼铺。

开业那天我们都去帮忙，冬生烤，老李接客，其余的负责上菜：酱汁鱿鱼、麻辣鱿鱼、干锅鱿鱼、爆炒鱿鱼、茄汁鱿鱼、鱿鱼海鲜拼盘……

我一边上菜一边流口水，一边打心里佩服老李的经商能力。

一晃两年，一天晚上老李又带着冬生来酒吧。我零星听见他在和冬生商量结婚的事，一个多小时后冬生先离开，老李留下喝闷酒。

等客人走得差不多，我过去问：“又发生什么事了？”

老李摆摆手，说：“不是什么大事，就是冬生女朋友，刚过二十七岁的生日，吵着要结婚了，但冬生钱还没攒够，丈母娘那边儿又死捏着不放。我在想，这么下去也不是事儿，这男人奋斗的确需要时间，但时间不等人啊。二十七岁对一个姑娘来说，的确到了危险的年纪，是该结婚了。”

我叹口气，跟着瞎掺和：“这丈母娘真不是东西。这么好的女婿还挑三拣四，又踏实又老实关键是还争气，就算现在不算有钱，这有钱不是早晚的事儿吗？”

老李咬咬牙，一拍桌子：“是啊，这丈母娘真不是东西，老子偏要让她失望。”

我吓一跳，问：“你打算咋让她失望？杀人放火？”

老李嘴角一挑：“你等着看好戏吧。”

-（7）-

那晚老李走后，两个月没见他再出现，我也忙忘了。

直到两个月后冬生来找我们，哭着说：“干爹走了。”

干爹真的走了。

电话停机，店也转了，所有联系方式都失效。

冬生说，两个月前老李找他喝酒，说自己五十五岁了，一辈子已经过了一大半，不想再在外面漂了，落叶要归根，游子要归家。说到最后冬生才明白，老李是想把房子免费过给他，冬生不同意，两天后老李把车开到店门口，丢下一个信封，话也没说就走了。

后来冬生才告诉我们，老李在信封里装了些父子情深的话和一串钥匙。

老李家在山东，冬生坐火车去找了三天，铩羽而归。

半年后，冬生和姑娘结了婚，婚后不久的一天，他带着新娘来酒吧，一个一个敬酒。敬完最后一个，他说："干爹就是我的再生父母，这里就是我的家。无论以后是否还能见到他，我永远不会忘记，我这辈子的幸福是从他的一个故事开始的。"

酒吧里沉默一片，突然响起热烈的掌声。

冬生擦擦眼泪，沙哑着嗓子说："干爹的卧室我会永远替他留着，永远等他回来养老。你们不知道，干爹这些年一直是一个人过，但他的房间里有一张很大的双人床，床上放着一个穿婚纱的玩具熊，旁边还有一个婴儿床，床里也放着一只小熊，他还为小熊盖了被子。床头挂着一张很大的全家福，干爹年轻的时候，脸上连胡茬儿也没有。第一次开门进去的时候，我就想告诉你们了，干爹忘了收拾餐桌，桌上摆着三双碗筷，一碗饭吃光了，还有两碗一点儿也没动过。"

所有人心里都产生一个疑问："另外两碗米饭是谁的？为什么没动过？"

沉默很久，冬生才艰难开口："其实干爹不是和干娘离婚了，干娘生完孩子不久就出了车祸，和刚满月的女儿一起坠进了湖里。干爹当时在北京，回来后什么都晚了，所以他再也没离开过。干爹相信这世上是有灵魂的，因为他经常在梦里见到干娘，所以每顿饭都做三个人的。这几十年，他一直以为干娘还在。”

我突然想到一句词：夜来幽梦忽还乡，小轩窗，正梳妆，相顾无言，唯有泪千行。

有些人一旦离开，大概只会在梦里出现了吧。

岁月没终点，而我的时间有限，一辈子只够用来陪一人。从牵手到白头，由心动到相守。哪怕是回忆，也只装得下一个你。

–（8）–

老李今年五十五岁，头发白了一大半，人生过去差不多四分之三。他每次抱着吉他唱歌，嘶吼着“我不再让你孤单”，像是唱给别人，更像是唱给他自己。

酒吧里人人开始抹眼泪，有人痛哭出声。

我在想，大概所有人都记得那个晚上，我们一起“为男子汉干杯”。老李抱着吉他唱歌，唱完歌继续讲姑娘与兵哥哥的故事。

他说，信上，写的是一首小诗：

十七年前我们还是小孩子
你在操场边塞给我一根棒棒糖
你说别总是一个人，以后和我一起玩
我不再孤单

十四年前我们第一次约会

遇见一场大雨
你把外套脱下来披在我头上
你笑着说，电影里的男孩儿都这么做
我不再孤单

十一年前你第一次牵我的手
递给我一串糖葫芦
我害羞得红了脸，而你不敢抬头看
我不再孤单

十年前我终于成了你的新娘
你当着所有人的面把我抱下车
我把头埋在你怀里，你说丫头你重了
我不再孤单

九年前你当兵入伍
我们第一次要分开
我送你到火车站，我哭个没完
你说傻丫头别哭了，我一定平安回到你身边
我不再孤单

可是你一去
就是九年的时间
我不怪你，但我想你

好想你
昨天晚上
你又走进我梦里
陪我一起看星星

凌晨醒来
你又离我而去
没有留下只言片语

所以我要去找你
走进有你的梦里
拥抱我们的过去

我不再
不再让你孤单

最美的情郎

–（1）–

我认识的大叔中有两个痴情的汉子。

一个是老李，另一个是老秦。老秦四十一岁，开一家花店，三十三岁时结过一次婚，新娘是相亲的时候认识的，比他小两岁。

认识不到一个月，姑娘说："你看你也快老了，我也不小了，实在不行我们就凑合着把婚结了吧。"

老秦说好，随手从口袋里掏出一枚早就准备好的戒指。

姑娘感动得流着泪抱了他俩小时。

老秦觉得女人一辈子就结一次婚，不能亏待她，想为姑娘办一场风风光光的婚礼。但姑娘死活不肯，老秦就把办婚礼的钱存进姑娘卡里，让她寄给远在哈尔滨的父母，就当是他对二老的一点儿心意。

去银行汇完钱回家，在路上姑娘挽着老秦，泪流满面地说："老秦，没想到你对我这么好。从今以后我们把过去都放下，两个人好好过日子吧。”

老秦一激动一把将姑娘抱进怀里，颠簸着嘴唇说：“好，好好过日子。”

老秦说，“好好过日子”几个字让他湿了眼眶。

-（2）-

老秦开一家花店，生意一般，没什么存款，但有一套房。

姑娘在一家超市上班，工资不高，一直租房住。婚后姑娘自然是搬过来，但是离上班的地方太远。老秦劝她把工作辞了，说不用担心赚钱的事，姑娘不肯，坚持上班。

两个月后姑娘生日，那天下着大雪。

她下班回家，看见楼下的雪地里停着一辆崭新的Polo[①]。车门上贴一张小卡片，上面写的是：亲爱的，我们结婚两个多月了，你每天都要起早挤公交，让你受累了。今天是你的生日，这是我送你的礼物，希望你不要嫌弃。

姑娘泪流满面，冲上去抱住老秦，说：“我要为你生个孩子。”

那天过后姑娘和老秦如胶似漆，完全不像大龄夫妻。加上两个人年龄都不小了，生孩子的事也就马上提上日程，老秦天天都在幻想当爹的喜悦。

但他念叨了半年多，姑娘还是没怀上。

① 上海大众的一款汽车。

老秦急了，怀疑自己年龄大出了问题，跑几家医院做检查，开几个月的药吃都没用。最后坐火车回老家找地道的老中医，待四五天回来，提一大包中药。

回到家找药罐准备煎药，在家里一通乱翻，翻出一盒避孕药。

幸好姑娘上班不在家。老秦一个人来找我们，在角落里坐一个下午，一包烟抽干净，还在发呆。

我忍不住问："秦叔你怎么了？"

他沉默半天，问："是不是我不够好，她才不愿意为我生孩子？要是我再对她好一点儿，她是不是就愿意了？"

我一头雾水，说："秦叔你是不是遇见什么事了？"

他又想很久，才杂七杂八告诉我一点儿。我张大嘴巴，不知道怎么回答。

天快黑的时候，他开车走了。

－（3）－

我原以为老秦和姑娘没有感情基础，大概玩完了。

但事实却恰恰相反，那天过后，老秦不仅咬着牙捏着鼻子把中药全煎好喝下去，还当作什么也没发生过，开始拼命对姑娘好。除了经常送礼物，还学会了做饭，每天变着花样做一桌子好菜，等姑娘下班回家一起享用。

我想，大概是经历过太多事，所以更懂珍惜吧。

但让我意外的是，又过半年，姑娘还是没怀上。有一回老秦来酒吧，又坐在角落里抽一下午的烟，我大概猜到，问：“是不是还没怀上？”

老秦把半截烟摁灭在烟灰缸里，骂一句：“妈的，还在背着我吃药。”

我叹口气，实在搞不懂这些成年人的心思。

老秦咬咬牙说：“我累了，懒得管了，我也尽力了，玩完就玩完吧。”

我始终沉默，心想：无论是谁大概都累了吧。

-（4）-

半年后，姑娘做一桌子丰盛的晚餐在家等老秦，吃到一半，姑娘突然说：“老秦，我想和你商量个事儿，你看，我每天上班也挺累的，虽然有车，但还是要起个大早。这两年我总感觉身子越来越差，睡也睡不好，我想在外面租个房子。”

老秦沉默一会儿，问：“能不能把工作辞了？”

姑娘说：“不行，女人一定要经济独立，我不想靠你吃饭。”

老秦想了想，说：“租个大点儿的吧。”

就这样姑娘搬出去，每周回家看老秦一次，大多是吃顿饭就走。老秦一个人没意思，每晚来酒吧，有一回我问：“打算什么时候把嫂子接回来？”

他摇了摇头说：“大概接不回来了。”

两个月后，姑娘和老秦宣布离婚。

半个月后我才零星听说一点儿，原来姑娘曾经有个相处八年的前男友，分手后一直有联系。三年前她的前男友和别人结了婚，姑娘才走上相亲这条路。

老秦后来说："她说想给我生孩子的时候是真心的，只不过后来突然得知前男友离了婚，不甘心才吃的避孕药。所以我想来想去，还是决定原谅她。"

我说："爱情这东西，真操蛋，完全搞不懂。"

好歹离婚时姑娘还算有良心，只要了老秦送她的那辆 Polo。但老秦觉得她没和自己争房产吃了亏，硬往姑娘卡里打了十万零花钱。

听完我目瞪口呆，说："秦叔你真伟大。"

老秦摇摇头，直到后来喝醉才说实话，他说："我不伟大，其实我送姑娘的那枚戒指，是以前送给柚柚但她没要的。那天赶巧就掏出来送给了姑娘，后来我一直很后悔，总觉得对不起她，毕竟结婚是一个姑娘一辈子最大的事。"

我笑了笑，说这事对姑娘确实不公平。

–（5）–

柚柚是老秦的初恋，这事大家都知道。她和老秦是高中同学，老秦追柚柚追了很多年，追上后没过多久，两人就开始了异地恋。

老秦说，他本来打算和柚柚报一个城市的大学，但是自己比柚柚考得好很多，柚柚死活不告诉他自己报的大学在哪个城市。

异地恋确实比想象中要艰难许多，尤其对女孩儿的考验要比男生更艰巨。所以在老秦和柚柚异地的六年多时间里，先后分手了三回。

一次是大二，柚柚和同学出去玩儿，在空间里传一堆照片。其中有一张柚柚抱着话筒和某男生一起唱歌，瞬间打翻了老秦的醋坛子，在电话里暴跳如雷。

柚柚哭着说老秦是个小心眼儿的男生，哭着说老秦变了，哭着哭着说了分手。

老秦坐一夜火车去认错，送礼，忏悔。柚柚没找到搓衣板，就让老秦在泥巴地上跪了俩小时。

老秦回去的时候，柚柚去火车站送他，俩人比高中毕业时还难舍难分。

-（6）-

一次是大学毕业。柚柚是个听话的女生，大学时考了教师资格证，毕业后决定听父母的安排回去当老师。可老秦不想回小县城，一是小时候吃很多苦，多少有些不甘心；再是不想在小城里生活，从小对大城市就很向往。

两人还是没能结束异地恋。不久就开始闹矛盾，柚柚满肚子的委屈，但老秦总是不吭声。柚柚觉得和老秦实在吵不起架来，就学会了冷战。

冷战持续了半年，柚柚突然下定决心和老秦分了手。

分手的第二天，老秦请假坐火车回去，剖心挖肺地和柚柚诉了一回衷肠。最后柚柚终于被打动，认为老秦的话也有点儿道理，男人确实不能向往安逸的生活，就答应等老秦两年，等他在外面拼出一点儿成就再回去娶她。

柚柚开始在小城里等老秦。仿佛古时候秀才进京赶考，娘子在家养儿育女伺候一家老小。每天期盼夫君荣归故里，可夫君每天都不见回来。

盼着盼着，终于等不及。有一天，柚柚突然问老秦："什么时候回来娶我？"

老秦没注意柚柚的语气，随口说："再等等吧。"

柚柚挂了电话，再打不通。两个月后还是打不通，老秦才着急回去找她，但回去发现柚柚已经结了婚。丈夫也是个老师，比柚柚大十岁。

老秦急火攻心，拿着刀去那男人拼命，被保安拖到派出所。蹲半个月出来，越想越心痛，又没有办法，就去求那男人，求到跪在地上连尊严也不要。

柚柚终于看不下去，把老秦约出去，一巴掌拍醒。

老秦不再缠着柚柚，但在小城住了下来。

他说，失去了柚柚，觉得这个世界没有一丝温度，所以不想离开，守在有她的城市，即使不见面，也会觉得温暖一点儿。

–（7）–

就这样相安无事两年多，后来发生一次变故。

柚柚老公出车祸，下肢截瘫，再站不起来。住院期间，老秦突然找到柚柚，掏出早就准备好的戒指，说一堆痴情的话劝柚柚离开那男人嫁给自己。

结果又被柚柚一耳光拍醒，而且和老秦一刀两断。

十年后，老秦说，如果换作现在，他一定不会干这种混蛋事。但是没有如果，十年里，柚柚和老秦再没联系过，成了最熟悉的陌生人。

后来老秦回武汉，开了家叫“柚柚”的花店。

-（8）-

2010 年的冬天，老秦和姑娘突然离婚，离婚后姑娘打算嫁给前男友，但不知道出于什么原因，前男友突然又和前妻复了婚。

姑娘于是玩了一次跳楼游戏，摔在充气垫上，断了两根肋骨。

老秦去医院照顾姑娘，姑娘不敢看老秦，躲在被子里哭。老秦就坐下来和姑娘说心里话，说着说着说到过去送她的那枚戒指。

姑娘擦干眼泪，笑了笑，也和老秦诉起了衷肠。

半个月后姑娘出院，我一直觉得，她会重新回到老秦身边。但老秦并没有提出和姑娘复婚，姑娘出院不久，老秦一个人背着包去了西藏。

老秦走之前来酒吧喝一回酒，说想出去走走。

他说：“人到了一定年纪会突然看透很多东西，什么青春啊人生啊短短数十年，好比一场梦。除了生死，真的都是小事儿。也许一句玩笑话，一开就是一辈子。一个误会，两人就走到了尽头。眨一眨眼睛，就路过了生死。”

我说：“不大明白你的话。”他说：“你早晚会明白。”

后来我才知道，老秦把花店卖了。一半的钱留给了姑娘，一半的钱寄给了柚柚。他怕柚柚不收，还特意写了一封信。他说柚柚的丈夫卧病在床，每年都要一笔很大的医疗费。自己不求她原谅，但希望这些年过去，她能不再恨自己。

我还是不太明白，问老秦希望柚柚原谅他什么。

他说：“说了你也许不懂，其实我想求她原谅的是，为了等我，把自己害那么苦。他说他明白柚柚其实是恨他的，恨他没兑现承诺，恨他的自私。”

我终于明白，叹口气说：“太多的无奈因为太年轻。”

-（9）-

老秦走后没多久，姑娘经常来找大家打听消息。

慢慢熟起来，她开始主动和大家谈老秦，也经常责备自己过去的不好。

她说会等老秦回来，无论老秦原不原谅她，她都会再向老秦求一次婚。说哪怕不要尊严，也要求得这个用心对自己好的男人原谅，然后陪他幸福。

很多人开始同情姑娘和老秦，尤其是可乐。

每天我也在担心，等老秦回来，万一没答应姑娘的求婚该怎么办?

但事实证明我的担心是多余的。

两个月后，老秦旅游回来，打电话说带回不少特产，让我们晚上准备两瓶好酒。我想了又想，问可乐该不该告诉姑娘，可乐一愣，拨通了姑娘的电话。

晚上老秦来，姑娘坐在老秦过去常坐的角落里等他。

等老秦走近，姑娘站起来，说："老秦，你回来了，我在这里等你好久了。其实出院那天我就想问你，如果我想重新嫁给你，你还愿不愿意娶我？"

人人屏住呼吸，大气都不敢出地盯着他们。

老秦愣一会儿，从口袋里掏出一枚戒指，说："这是我在西藏买的，是我专门买给你的。这一次我们真的把过去都放下吧，从今以后我和你，好好过日子。"

姑娘也愣一会儿，闭上眼睛，眼泪哗一下掉了下来。

我们终于松一口气，但没人打破这一刻的宁静。

–（10）–

老秦和姑娘的故事也许不算美好，但一定足够温暖：各自度过一个荒唐的十年，为年轻埋了单，为错误赎完罪，在岁月的逼迫下慢慢看见一些最真的东西：简单的喜欢，最长远；平凡的陪伴，最心安；懂你的人，最温暖。

事实上我们终其一生，都在寻找那个可以相依为命的人。花光所有的时间，不过为了一个足够温暖的结局。

爱情早晚会凋零，但会以另一种方式存在，并且永垂不朽。

在列车的某一个站点，总会有一个人等在站台。在匆匆的年华深处，总会有一份安静的等待。在冰凉的人情世故里，总会有一个懂你的人。

老秦再一次为姑娘套上了戒指。

屋子里人人噙着泪，沉默片刻，突然响起了潮水般的掌声。

借着灯光，我望见窗外的武汉。

下雪了。

突然想起可乐写给仓央的一首小诗：

你是我命中最美的情郎，为我转一世的经筒，为我守一宿的梵唱。你是这世上最美的情郎，陪我投下湖心的石子，陪我守在经殿的香雾中，辗转一世情长。

那一世，我转山转水转佛塔，我浪迹天涯，我为爱逃亡。

我奔走在路上，可我的船，一直停在你心上。

晚安。

谢谢你们曾经看轻我

–（1）–

这个时代有三大流行病：拖延、强迫、选择困难。

通俗点儿说，就是：懒、贱、穷。

但这三种病都还有药可医，真正无药可医的是“神经病”。

我有一个朋友说话特刻薄，姓范，大家都叫他“范贱”。

邻居家的孩子高考考得差，他提着水果过去安慰人家：“别灰心，高考没考好，还可以去搬砖。一般分低智商也低，老老实实搬砖挺好，祖国建设也需要这样的人才！”

范贱说话有夹音，把“人才”念成“人柴”，气得孩子家长拿擀面杖追他几里地。

他在前面边跑边喊：“三百六十行！行行出状元！”

最后在外面躲三天没敢回家。

同学在网上炫耀最近换了个大公司，他在下面留言：“有些人就是不要脸，进个巴掌大点儿的公司就自我感觉很良好，给点儿阳光就灿烂，给点儿洪水就泛滥。”

别人客客气气地回：“那是，怎比得了你这种成功人士。”

他更来劲：“唉，有钱就是好，一瓶红酒两万块。弹指间，你的月薪灰飞烟灭。”

大学班花在朋友圈晒自拍，面前摆了杯星巴克，他在下面评论：“喝个三十块的咖啡还装，一看就是第一次去。瞧你紧张的，是不是手都不知道放哪儿好？”

人姑娘可不是好惹的：“你，你这人有病吧？”

他回击道：“就有病咋地？星巴克老子天天去，气死你，嘿嘿！”

–（2）–

终于有一天，范贱在自家公司门口被一群黑衣人暴打。

我们去医院探望缠成木乃伊的范贱，都笑着问：“舒坦了吧？这下舒坦了吧？”

他气得直哆嗦：“别让老子知道是谁干的！千万别让老子知道！”

我们帮他出谋划策，问：“想想你最近都得罪谁了？”

他掰着指头一算：“哎哟，可多了。”

大家异口同声：“让你犯贱，活该！”

出院后范贱的确规矩不少，看见面包车就跑。

但是没多久，他就发现新大陆，改在网上撒野，逮着陌生人骂。

有一回玩游戏，一分钟死五回，队友骂他菜。

他回："你菜！老子有钱！"

队友："装什么？有钱了不起啊？"

他回："老子没别的！就是有钱！"

队友："有种报地址！"

他回："报地址干吗？哈哈，你是想买票过来打我吗？"

队友："别废话！有种就报地址！没种别瞎说！"

他回："你那么牛，你倒是从屏幕里钻出来打我呀！你打我呀！"

队友："老子真想顺着网线过去踹你两脚！"

他回："你踹！你踹！你快踹！不踹是小狗！"

后来，有个美女加他好友，各种暧昧寒暄，突然人家问："你家住哪儿？"

范贱一想不对，赶紧删号，再不敢上游戏。

–（3）–

范贱一不犯贱，生活就像是失去了乐趣，开始整天泡在酒瓶里。

有一回我忍不住问他："怎么了？一副半死不活的样子？"

他喝一口酒，叹口气说："我也不知道怎么了。我一旦静下心来做着一些事，喝酒，失眠，突然就很想她，心就开始疼，真的很疼，疼得我几乎喘不过气。"

范贱今年三十一岁，是我们眼中最顽皮的“大叔”。按说男人到了这个年纪，一般都会变得成熟稳重，但范贱不同，不仅没有一点儿稳重，反而一身贱贱的孩子气。可他偏又是个还算成功的男人，手底下有个三十多人的小公司。

我和范贱认识四年，问过他几次：“为什么一把年纪了还不结婚？”

他总是摆摆手，忘情地喝酒，喝到动情处开始一点一点絮叨。

范贱说他这辈子只会爱一个女人，叫乔乔。

和很多在武汉读大学的情侣一样，毕业了他和乔乔一起去深圳。去之前两人把未来规划得美美的：先在深圳打拼几年，等攒够了钱，就回武汉买房结婚。

范贱说，男人一生会做很多错事，但最傻的就是自以为是。

去深圳后，范贱在一家广告公司当策划，乔乔是一家服装公司的销售。虽然一开始就比想象中艰难很多，但还马马虎虎。累是累，好歹有个伴儿相互取暖。

每天上下班对比一下满大街孤苦伶仃的单身男女，更是觉得人生已然圆满。

但好景不长，等慢慢忙起来，范贱几乎每晚都要加班到 10 点以后，周末也经常难以幸免。深圳人给这种职业起了个很形象的名字叫：广告狗。

乔乔每天按时下班，但由于职业的关系，早上 6 点又得起床。

就这样时间被错开，双人床上总有一只猪醒着，一只猪在酣睡。

慢慢地乔乔开始受不了，范贱经常在梦里被乔乔的抽泣声吵醒。

有一回乔乔哭了差不多两个钟头，哭完可怜巴巴地问范贱：“我们回去好不好？”

范贱把乔乔抱在怀里，心里也很难受，差一点儿就答应了乔乔。但最后关头还是咬着牙哄她：“乔乔，我想再拼一拼，再给我一点儿时间吧，好不好？”

乔乔想了很久，最后流着泪点了点头。

-（4）-

半年后乔乔很少再哭，但他们开始闹矛盾。

乔乔不会吵架，范贱也不会，两人一闹矛盾就是冷战。少则一两天，多则一两周，借着时差把对方当空气。

冷着冷着终于降到冰点，起因是一场大雨，乔乔感冒发烧。范贱在广州出差，一时间赶不回来，等回来乔乔已经把屋子收拾得干干净净。

桌子上摆着一张纸条，上面写着六个字：分手吧，好好过。

这是范贱对我讲的她和乔乔分手前的故事。

范贱虽然嘴巴很贱，但内心并不刻薄，对手下的员工很好。

有一年公司年会，聚完餐他组织员工去唱歌，一口气开五十几瓶价格不菲的酒，人均酒钱两千二，不过他一个人就干了三瓶。

到后半夜大家都散了，只剩他一个人坐在沙发上，抱着抱枕痛哭。

有人问：“范贱，你是不是又想乔乔了，要不再陪你喝两杯？”

他胡乱在脸上揉两把，叹息一声：“老子真讨厌这种曲终人散的感觉呀！”

我说：“啊，看不出来，你还挺多愁善感。”

他骂道：“你懂个屁，老子是有故事的人！想当年在深圳，也是在酒吧，也是同事聚会，也是喝酒。那几天正和乔乔冷战，老子心情不好，一口气竖一瓶。竖完老子才知道好酒一共就四瓶，老板和三个经理一人一瓶，员工的还没上！”

我惊呼：“好样儿的，干得漂亮，那结果呢？”

他叹口气：“结果旁边一大肚子中年恶心男对我说，你知道吗，这一瓶一万二，你月薪多少？四千？减掉房租和生活费，够你攒一年了吧？我说，你什么意思？他说，我就是想提醒你，长点儿心眼，先弄弄明白自己身份！”

我说：“妈的，此男甚贱，打死他！”

他说：“我是准备打死他，可我先弄死了我自己！”

我说：“不会吧，你这不是还活着呢吗？”

他沉默一会儿，说：“两天后公司让我出差，可乔乔淋雨生病，由于快过年，没人愿意出那个差。我去请假，经理语重心长地说，要么出差要么走人。我考虑很久，也问了乔乔，她只点头没说话，可定好的两天突然改成一个礼拜。”

我悲痛地说：“别说了，接下来你被无情地抛弃，我都知道。”

范贱说：“你知道个屁，原本我决定回去找乔乔，可去办离职手续，经理签字的时候连头都没抬一下。更贱的是，我觉得相处几个月，也算有点儿感情吧。退群前打了声招呼，结果没人理我，只有那个中年恶心男回了句：不送，走好。”

我叹口气说：“世态炎凉啊，这种经历我也有过。”

他说：“回去我一路走一路想，想来想去，最后咬咬牙，决定留下。”

-（5）-

范贱在深圳待了六年，从月薪四千到年薪三十几万。

回武汉那年，乔乔已结婚四年，女儿两岁，属兔，爹姓王，邻居姓李。

乔乔现在是一家包子铺的老板娘，范贱经常开车拖着我去买包子。

每次都是我去买，他躲得远远的，生怕被乔乔看见。

第一次去的时候，他骂骂咧咧：“妈的，女人就是目光短浅，一个包子铺就能让她满足。要是跟着爷，别说包子铺，就是金子铺，爷也能满足她。”

骂完推我一把：“快去，我要一百个。一半豆腐青菜，一半猪肉韭菜。”

我吓一跳：“一百个？你是打算喂猪还是喂自己？”

他恼羞成怒：“爷可能吃她包的包子吗？爷是打算买回去喂公司那群猪！”

我说：“真贱，早晚得破产，或再被一群黑衣人暴打！”

他腿一软，四处张望一圈，表情惊恐：“面包车！我还是上车躲会儿！”

等包子买回来，他左手一个，右手一个，咬一口豆腐青菜：“难吃，这豆腐就是豆腐渣！”又咬一口猪肉韭菜：“难吃，什么猪肉，肯定是驴肉！”

一会儿吃完八个，大骂一声：“太难吃了，带回去喂猪！”

我冷汗，这贱人真是贱到极致！

-（6）-

直到后来，有一天早上我和范贱一起去买包子。

他把车停在离包子铺最近的一棵树下，摇下车窗，包子铺里正在吵架，时不时传出几声摔东西的哐当声。几分钟后一个女人跑出门，一边跑一边用手揉眼睛。

我看见是乔乔，惊讶得说不出话。

范贱阴沉着脸抱着方向盘，我忍不住问：“你不追上去？”

他沉默一会儿，说：“以前他们也吵，这次还算好的。”

我“哦”一声，不知道该怎么接话，乔乔已经冲到了街角。

范贱说：“乔乔有个女儿，今年两岁，刚上幼儿园。你也知道现在幼儿园有多贵，就这屁大的包子铺连学费都交不起。所以他们经常吵架，事实上他们早就开始吵。你别说，这相亲结的婚就是不靠谱，男的不是丑就是败类。”

我冷汗，这话要是传出去不知道又要挨多少打……

又过一会儿，他说：“乔乔过得不好。”

我说：“可能吧，幸福的女人不会一大早起床卖包子还被男人气哭。”

他突然问自己："乔乔过得不好，我该怎么办？"

我回头看他，一滴眼泪流下来，被我逮个正着。

–（7）–

过两个月，范贱又拖我去买包子，刚把车停下就听见"砰"的一声。

等我和他冲进去，乔乔正被男人按在地上，嘴角血流不止。男人一只手凶狠地掐住她脖子，一只手正抓着银白色的开水瓶碎片往乔乔嘴里塞。

屋子里一片狼藉，满地的碎片，滚烫的开水还在冒白气，乔乔的一条腿压在碎片上，被开水烫得通红。但是被男人紧紧地按着，一点儿也动弹不得。

范贱大吼一声，冲上去和男人厮打在一起。

后来范贱和乔乔的老公在医院简单包扎后，先后被带进派出所。乔乔左脸几乎被毁容，动完手术后还要住一段时间院做恢复治疗。

半个月后范贱和乔乔的老公恢复自由，乔乔也康复得差不多。

乔乔出院那天，我和范贱一起去接她，范贱说："乔乔，和他离婚吧。"

乔乔沉默了又沉默，最后摇了摇头，说："我女儿才两岁。"

回去范贱开车，乔乔坐在他旁边，我坐在后面，看见两个人都在偷偷流眼泪。

送完乔乔回家，范贱一路上沉默寡言。

半个小时后在一家饭店门口停下，他说：“今晚要大醉一场。”

我说：“好吧。”陪他喝到后半夜，支离破碎。到后来他逐渐失控，开始放声痛哭。哭到肝肠寸断，他说：“我这辈子最后悔的事，就是年轻时把最心爱的女孩儿放走了。看着她吃苦受罪，看着别人糟践她，却一点儿办法也没有。”

我叹口气说：“你也够拼了，也算对得起自己良心。”

他说：“你知道个屁，你要是真爱一个女孩儿，千万别把她放走。这世上除了你自己，没有任何一个人能保证给她幸福，你记住，我就是最好的例子。”

我说：“好好好。”

过一会儿，他说：“男人打拼的动力往往是因为女人，拼得再狠再凶，以后再有钱再成功，也不过是为了证明给心爱的女人看——‘瞧，你没爱错人，我是支潜力股。’”

我说：“乔乔确实没爱错人，你是支潜力股。”

他自嘲地笑一下，问：“那这个女人要是不在了，这一切还有意义吗？”

我想了很久，摇头说：“没意义。”

他沉默半分钟，突然很用力地说：“所以无论如何，我也要帮她解脱。”

–（8）–

等一觉醒来，范贱已经不见人影，我以为他起早回了公司。

10点多钟乔乔打来电话，我才知道，出事了。

等我赶到现场，范贱已经被警察带走，乔乔的老公也被120拖走。只剩下乔乔一个人傻站在警戒线外面，捂着嘴巴不知所措。

事故现场是这样的，一辆面包车和一辆奥迪车面对面撞在一起，结果面包车被撞成了“面包”，奥迪车前盖也翘了起来，地上还有血迹。

我才想起昨晚范贱问过我：“你有没有看过《速度与激情》？”

下午大家去派出所看范贱，他高昂着头，还是一副不可一世的样子。

乔乔说：“你想我离婚我就离婚好了，你干吗要开车撞人呀？”

范贱不理她，换个姿势，继续高昂着头。

乔乔说：“你都三十多岁的人了，干吗做事还这么冲动呀？”

范贱又换个姿势，头稍微往下低一点儿。

乔乔说：“你先待在里面，听警察的话，我会想办法保你出去的。”

范贱终于把头低下，问：“你老公没挂啊？”

乔乔说：“你傻不傻，他挂了你也得……乔乔说到一半不说了，开始哭。”

范贱转过来看着来看他的表哥，问：“是不是兄弟？”

表哥点头：“是！”

他说：“是兄弟就答应我一件事，我要是挂了，你帮我把乔乔娶了。”

表哥无言以对。

乔乔听他这么一说，骂了句“混蛋”，“哇”一声冲出派出所。

-（9）-

两周后事情终于有了眉目，乔乔的老公虽然捡回一条命，不过险些成了植物人。乔乔去医院看他，男人颤抖着嘴唇憋了半天，终于憋出两个字：“离婚！”

乔乔点头说：“好，一切随你便。”

男人还不解气，又颤抖着嘴唇憋出两个字：“贱人！”

乔乔说：“对，我是贱人，你想骂就骂吧。”

男人颤巍巍地抬起一根手指，指着乔乔再次颤抖着憋出两个字：“你滚！”

乔乔说：“好，我滚，你好好养伤。”

半个月后开庭。

范贱在法庭上一样高昂着头，结果被判七年。被带走前他终于把头低下，最后深深地看了一眼乔乔。那一瞬间，乔乔终于再忍不住，拼了命地朝范贱扑过去，结果被众人架住。她还在拼命挣扎，哭得歇斯底里。

这一幕让我想起白素贞被关进雷峰塔时，绝望而又无助的许仙。

-（10）-

一周后我陪乔乔去探监，范贱已经被剃成板寸。

他和乔乔面对面坐着，我站在旁边，看着他低着头不敢看乔乔的眼睛。

乔乔说：“你别难过，我每个月都会来看你，带包子给你吃。”

范贱咽一口口水，没有抬头。

乔乔说：“你在里面好好表现，说不定两三年就出来了。”

范贱把头抬起来一点儿，眼眶湿湿的。

乔乔说：“其实当年我回武汉后，等了你两年，但你一点儿消息也没有。最后我实在没办法，才答应我妈去相亲。你是个好人，当初是我自己不懂事。”

范贱终于抬头望向乔乔，嘴唇动了动，眼泪哗地滚下来。

过了两分钟，乔乔也哭了，问：“你为什么不说话？”

范贱胡乱抹两把眼泪，突然笑了，说：“我在想，等我出狱都快四十岁了，还有没有女孩儿愿意嫁我？”

乔乔也忍不住笑了，说：“猪头，要是没人嫁你，我嫁你！”

范贱说：“我才不娶，到时候你都成老太婆了，鬼才娶！”

乔乔说：“鬼你也得娶，大傻子！”

两人又吵一会儿嘴，乔乔突然认真地说：“猪头，我说真的，你在里面好好表现，争取早几年出来。我会一直等你，等你出来娶我。”

范贱也认真起来，说：“可是乔乔，就算减刑也要五年以上吧，你是女人，一个人太难了。要是遇见合适的人就嫁了吧，我不会怪你。”

乔乔哭着打断他，说：“猪头，我已经错过你一次了，这一次再也不会错过了。你听我的，在里面好好的，我也会好好的，除了你，我谁也不嫁。”

范贱说：“那你答应我一件事。”

乔乔说：“你说吧，我都答应你。”

范贱说："我卡里还有点儿积蓄，回头你拿去买间房子，一定要有个大阳台。再买条狗，我记得以前我俩在一起时，你说过等以后结婚了想养一只。还要记得家里常备点儿感冒药，你身体不好，动不动就生病……"

范贱说着说着，眼泪开始往下掉，声音开始模糊。

我回头一看，乔乔趴在桌子上哭得惊天动地。

–（11）–

我的眼泪也忍不住往下掉。

突然想到范贱过去说的那番话：男人打拼的动力往往是因为女人，拼得再狠再凶，以后再有钱再成功，也不过是为了证明给心爱的女人看——"瞧，你没爱错人，我是支潜力股。"

但很多时候，恋爱就像一纸契约。总有一段时间，你只能为她开一张空头支票。

而且这个世界绝不会同情你。

可怜的嘲笑更可怜的可悲，冷漠的骂更冷漠的冷血。心里都藏着辛酸却拿别人的辛酸当笑柄，当面掏心掏肺到了背后就没心没肺。

但入骨的爱情，一定抗得住寒冷。

一段感情就像取经，每一个圆满都要经过九九八十一难。阻挡你的不只是现实里的妖魔鬼怪，还有比妖魔更可怕的心魔。

所以你总是犯错，总在错过。

窗外放晴了，屋内仍然在下雨。你那边阳光万里，我这里大雪铺天盖地。所以我微笑，并不等于我快乐。我撑伞，并不等于为了避雨。

在一起，并不等于我还爱着你；说分手，也不等于我彻底放弃。

总之你永远不懂我在想什么。

但没关系，只要彼此点点头，就有一辈子的时间慢慢去了解。

成年人的温情，像一杯搅动过的温水。

走过世态炎凉，走过人情冷漠，走过无数个孤单的晚上，走过太多风吹雨打的路，走到最后只剩下你和我，一切都开始朝向幸福：如一支缓慢抒情的老歌，温暖地绕在心头上；如旧情书里的一字一句，情真意切没有一丝多余。

爱情美在勇敢和承担，一切的诋毁都将负于真心。

总有一天，你会大胆说出口：谢谢你们曾经看轻我，让我更努力，过上自己想过的生活。

读书，赖床，逗狗狗；电影，爱人，白日梦。

瞧，你没爱错人，我是支潜力股。

不怕来日方长，最后是你就好

–（1）–

我见过很多搞笑的分手场景。

有让人忍俊不禁的，两年前，一对小情侣在酒吧闹分手，女孩儿说：“即使分开了我心里最爱的那个人还永远都是你，满满都是你。”

男孩儿嘴唇颤抖着说：“你……”

有自断后路的，男的说：“对不起，三年了，我才发现我真正爱的是我哥们儿！”

女的愣一下：“那祝你幸福。”

有傻乎乎的，女的说：“求求你了，再给我一次机会好不好？”

男的说：“傻瓜别傻了，你这是何必呢？”

有让人搞不懂的，男的一把鼻涕一把泪，楚楚可怜地抓着女朋友的手抽泣：“你知道吗？其实我原打算和你过一辈子的。其实我不想对你那么坏的。我想保持我的形象的。就在这里分手吧。就当是我错，对不起你！”然后含泪跑了。

女的不知道发生了什么。

当然，最牛的是：什么也没说，突然离奇失踪了。

－（2）－

2011 年冬天，我见识了一场有史以来最动人的分手。

那是个傍晚，天下着大雪。

男的是大我几岁的朋友，叫小六，月薪不足三千，是个十足的穷人。虽然 2011 年武汉的消费水平不算高，但两千多的工资除了房租和生活费，连出去吃上一顿都得勒紧腰带。

小六不爱说话，但人很细心，对女朋友体贴入微。不过同时也很敏感，什么事情都看在眼里，知道自己的缺点，也知道自己没能力给她幸福。

女的是和他一个县城来的女孩儿，叫小雨，不漂亮，但是也不难看，就是大家常说的普通女孩儿，文静秀气，有点儿像电视剧里那种小家碧玉。

如果从正式确定关系算起的话，小雨和小六相恋六年。

分手是小六提出来的，小六站在酒吧门口递给小雨一张银行卡，说：“一直想给你买双贵点儿的鞋，但一直都买不起。这里面是我这几年存的两万块钱，你拿着它，去买双最贵的鞋，穿上它，离开我吧。”

小雨从小六手里接过银行卡，转身，在雪地里留下一条深深浅浅的路。

–（3）–

2011年年底，小雨走后两个月，小六辞了工作，决定开个网店，一个人跑到义乌批发了一大堆帽子手套回来，结果屋子里堆不下，只能搬家。

我过去帮忙，看见满屋子小雨的东西，摆得和以前一模一样，不知道该怎么下手。

小六从卧室出来，看懂我的想法，犹豫片刻说："她的，就不收拾了吧。"

我笑一下，一样一样帮他收拾，但凡是小雨的东西都不碰。两个小时后收拾完毕，剩下小雨的衣服、鞋子、茶杯还有墙上挂着的一把经常见她打的彩虹伞。

小六过去把伞取下来，苦笑一下，说："这把伞是我大一送给小雨的，她整整打了四年，每次搬家第一件要带上的就是它。但她上次走得太急，可能是忘了。"

我在想，让他多待一会儿吧，于是提了箱东西先下去。

半个小时后小六下来，一手一个包，包里都不可能放下那把彩虹伞。

我站在马路牙子上问他："就这么走了？"

他点点头，伸手拦下路过的的士，说："走吧。"

那天武汉没下雪，但我知道小六心里一定在下雪。我记得以前每一个冬天，只要下雪，小雨就会打着那把彩虹伞，旁边走着不喜欢打伞的小六。

如今那把彩虹伞和小雨一起，被小六丢在了空屋子里。

半个月后小六的网店卖出第一单，为了庆祝，提了瓶霸王醉来找我不醉不归。我盯着他手里那七十多度的玩意儿心里一阵打怵，心想今晚一顿醉是跑不了了。

但霸王醉比想象中还厉害，一杯下肚就开始找不着东西南北，酒意上来小六也不再顾这顾那，大声问我：“你知道我为什么要和小雨分开吗？”

我想了想，问：“你想不想听实话？”

他摆摆手说：“说吧，我就喜欢听实话。”

我坦白说：“因为你穷，觉得自己养不活小雨，给不了她幸福，对不对？”

他苦笑一下，重重地点了点头：“对。”

我又问：“那你有没有想过小雨？也许她愿意等你，相信你会给她幸福呢？”

他犹豫一下，说：“可她还是走了，头也没回地走了。”

我叹口气：“喝酒喝酒。”

–（4）–

小六说：“曾经小雨对我说，不积跬步，无以至千里；不积小流，无以成江海。只要我们不分开，一点一点往下走，早晚有一天会走到一起。”

我大叫一声：“这么好的姑娘，你还和她分手？”

他和我碰个杯，苦笑着说：“可是当跬步、小流分散到一年三百六十五个枯燥的日日夜夜，每一天都变成了无边无际的单曲循环，而千里、江海却怎么看都看不到时，失望和绝望就会一点一点在心里累积，直到有一天彻底让你崩溃。”

我想想说：“什么事情都有个阶段，也许再等一等情况就会好转。”

他苦笑一下：“我等得起，但小雨等不起。我仔细算过，等我有能力娶她至少还要三到五年，我知道她愿意等，但我怕到时候还是给不了她幸福。”

我说：“终于理解为什么有一首歌叫：有一种爱叫放手。”

他笑一下，突然眼泪往下掉：“我不怪小雨，也不怪这个世界，只怪自己没用。可我心里真难受哇，没了小雨，我觉得自己活在这世上就像孤儿一样。”

我叹口气：“一个人在城市漂着，谁不觉得自己像个孤儿呢？”

半年后小六生意渐渐有起色，每天忙得不可开交。我们很少见面，但10月26号的晚上，小六破天荒地买了瓶八百多块的红酒来找我，手里还提了个蛋糕。

我一看上面全是水果，抄起家伙就准备干掉中间那颗最大的樱桃。小六突然在旁边说：“别急傻瓜，先点蜡烛吧。”我吓一跳，惊恐地问：“啥意思？”

他说：“没啥意思，就是想先把蜡烛点上。”

我说："点点点。"三下五除二点上蜡烛。正准备动叉子，他突然说："许个愿吧！"

我僵住手，抬头问："到底啥意思？"

他笑得要多温柔有多温柔："今天是小雨生日，以前每年这天，我都会陪她过的。"

我一身冷汗："有段时间不见，你不会是，疯了吧？"

他一拍桌子："哈哈哈，我没疯，你还真这反应！"

我深吸一口气，摇摇头说："妈的，俗话说的真有理，男人一有钱就变坏，这才刚成为一个小老板你就完全变了个人？"

顿了顿，我说："小六，你是不是伤心过度精神分裂了？以前可是两脚踹不出一个屁。"

他问我："啥叫两脚踹不出一个屁？"

我说："就是踹你两脚，你也不会说一句话。"

他恍然大悟地点点头。

-（5）-

小六的确比原来开朗不少，收入翻了几番，日子也开始奔小康。

小雨生日那晚他跟我说，两个月前想到一个赚钱的好办法，别人卖东西赚同胞的钱，他卖东西赚老外的钱。大概意思就是，他的网店开在一个专门做小商品出口的网站上。

又过半年，小六买了自己的第一辆车。

我突发奇想，问他："你现在有钱了，是不是可以把小雨追回来了？”

他坚定地点了点头，又沉重地摇了摇头。

我迟疑一下问：“真的决定把她忘了？”

他抬头望着天空说：“有些东西丢了就是丢了，就像那把被我落在空房子里的彩虹伞，是追不回来的。我满大街地贴广告，找了整整两个月也没找到。”

我只能无奈地叹口气。

就这样到了冬天，小六把他的网店开成了小的外贸公司，生意越做越大，但人反而突然沉默不少，甚至多了很多白头发。圣诞节的晚上突然飘起了雪，大家都在吃苹果，我和小六开车去江边放孔明灯，一盏接一盏，一共放了十三盏。

每盏上面一个字，连起来是：小雨我好想你，你可不可以回来？

小六说：“到了冬天我满脑子都是小雨，都是那把彩虹伞。”

我说：“那就去找她吧。”

他点了点头，说：“好。”

-（6）-

结果第二天，他印了两万张传单，请了五十多个兼职的学生顶着漫天大雪满大街帮他发，见到有打彩虹伞的立马上去缠着人家问。

每一张传单上面都画着一把彩虹伞，旁边写着：我于2011年冬天在酒吧街3巷7号505房丢了一把彩虹伞，伞把上刻着一个女孩儿的名字：沈小雨。那把伞对我很重要，如果有谁捡到了，请把它还给我，赏金两千元。

我说：“小六，如果我捡到那把彩虹伞，看了你的传单可能会觉得里面有张藏宝图。”

他忐忑地问：“那你会怎样？”

我说：“如果不出意外，我会把铁杆儿砸开。”

他想了想，惊慌失措地冲出去。

到了傍晚，街上又出现一群学生，我随便要一张传单，盯着两行五颜六色的小字哭笑不得：上午那把彩虹伞里面没有藏宝图，大家千万别把它砸开！

我说：“此地无银三百两。”

小六一听，蹲在地上哭了，像个孩子一样，慢慢变成一个雪人。

他问：“我到底该怎么办？”

我说：“小六，这几天我一直在想，小雨对你究竟有多重要？”

他站起身，让我跟他上车。半小时后，他把车停在一个孤儿院的门口，车窗外飘着鹅毛大雪，但是很安静，安静得听得见雪从树枝上落下的声音。

他说：“你们总说这世界是孤儿院，说活得跟孤儿一样。但你们永远也不知道自己有多幸福，因为只有像我这种真正的孤儿，才知道什么叫‘活得跟孤儿一样’。”

我吃惊得说不出话来。

他补充道：“也或许只有像我这种真正的孤儿，才懂得真正的相依为命。懂得有一天，有个人走进你的生命里，这辈子，她就是你活着的全部意义。”

我把头偏向窗外，心里的感觉说不出。

-（7）-

到了年底，小六的高中同学结婚，他终于有机会回一趟阔别了五六年的小县城。临走前来酒吧找我留备用钥匙，顺便请我每天抽空去他公司看一看。

我问他：“小雨会不会也去参加婚礼？”

他紧张地点点头，说：“可能吧。”

十天后小六回来，见了面只字不提小雨，我以为事情肯定很糟糕也就没问他。但是过了三天，他来找我，面带微笑说：“临走前，咱哥俩好好喝一个。”

我吃惊地问：“啥意思？”

他说：“上次我回去遇见小雨，她在老家的小学教书，还没嫁人。那天下很大的雪，我去小学门口闲逛，发现过去的包子店还在，那家店是小雨父母开的，我第一次遇见她就在那里。当时因为天气冷，新出笼的包子冒着热气，等我走近才发现，卖包子的竟然是小雨。”

我说：“大概这就是缘分吧。”

他说：“原来我和小雨分手后，她还回来过一次，没找到我，就带走了那把彩虹伞。那天我们一起打着伞，走了一段很长的路。”

我说：“大概这就是命运吧。”

他说：“小雨一直在等我，她说不知道为什么，感觉我一定会回去找她。”

我说：“大概这就是心有灵犀吧。”

他说：“你够了。”

-（8）-

我想了想，问：“相依为命究竟是怎样一种感觉？”

他也想了想，说：“我不知道，如果非要我说，我只能闭上眼睛想象以前的某一个冬天，两个人一起吃烤红薯，我把小雨抱在怀里，她掰下一块儿来喂我。”

我说：“闭嘴，妈的，太幸福了。”

他喝一口酒说：“对，就是幸福。”

我笑了笑，问：“那你公司怎么办？”

他很干脆地说：“卖了。”

我叹口气，问：“好不容易打拼到现在，就这么卖了？”

他点点头说：“对，卖了。”

我问：“为什么？”

他说：“我上次回去，问小雨愿不愿意跟我出来，她没有回答我，等了十天也没有答案，最后她给我发来一段话：我想要一种稳稳的幸福，如冬天轻轻落下的雪花划过指尖，伸手就能接住；如午后温暖的阳光笼罩着我，覆盖每一寸肌肤；如小城的岁月缓缓流淌，从日出守到日落；如一支温暖的老歌轻轻播放，等日子慢慢过。”

我听得呆了。

-（9）-

他补充说："我才明白，爱一个人可以很简单，所谓的幸福也没那么难。"

我说："这样啊。"

那年的腊月二十四，我去小六和小雨的家乡，参加他们的婚礼。婚礼在露天的雪地里举行，吹着凛冽的北风，飘着鹅毛大雪，而且越下越大。

但，没有人打伞，只有一把熟悉的彩虹伞，撑开挂在婚礼舞台的上方。

而后小雨挽着小六，两人一齐出现在雪地的尽头。

小雨脚下踩着一双闪亮的玻璃鞋，花两万块在上面镶满了水晶。她并没有穿着它走一条离开小六的路，而是慢慢地，一步一步地，走了这辈子最长的一段路。

我闭上眼睛，一脸的泪水。

我在想，原来这世上，值得托付的男孩儿，一定不会辜负你。

值得去爱的女孩儿，都等得起。

只不过，当等待变成了一年三百六十五个漫无边际的日日夜夜，而幸福却怎么也看不见时，并不是所有男孩儿都能有所成，也不是每个女孩儿都有勇气往下等。

但庆幸的是，总有人能找对路。

总有人想着想着就恍悟，简约不是少，而是没有多余。足够也不是多，而是刚好你在。离开别强留，从来强求不得。等待来日方长，最后是你就好。

不管山高路远岁月漫长，只要用力奔赴在朝向彼此的路上。

终有一天，每个人都将等来，稳稳的幸福。

晚安。

北方有佳人，绝世而独立

–（1）–

你长这么丑，你妈妈知道吗?

这句话是采儿的口头禅，中招的不计其数，上至五六十岁的老头，下至摇篮里嗷嗷待哺的婴儿。

没办法，采儿是个离异的少妇，拖着不到一周岁的女儿，脾气大一点儿自然在所难免。但采儿脾气大得实在离谱，话一出口不是刀子就是冷箭。

曾经有个离婚的男人追她，抱着刚满月的儿子向采儿求婚：“你看，你有个不到一岁的女儿，我有个刚满月的儿子，咱俩凑一块儿，他俩也有个伴儿。”

采儿看一眼男人怀里的婴儿，尖叫一声：“天啦，孩子长这么丑她妈妈知道吗？”

男人气得嘴唇发抖，摔门而去。

还有一次，追她的是个快六十的老头，老头儿说：“你别看我老，但我有钱。”

采儿说：“我是挺喜欢钱的，可您长得也实在太丑了。”

老头儿愣一下，从怀里掏出一张照片：“你看，我年轻的时候，是个帅小伙儿。”

采儿一声尖叫：“天啦，您年轻的时候长这么丑，您妈妈知道吗？”

老头儿浑身颤抖，差一点儿气昏过去。

老头儿走后，我捧着笑疼的肚子说：“采儿，过了啊，人都多大了还‘你妈妈知道吗’。”

采儿说：“我管它呢，癞蛤蟆想吃天鹅肉，姐是钱能搞定的女人吗？哈哈哈哈，老秃瓢！”

我说：“好了好了，你这一身臭脾气，注定一辈子一个人。”

她反驳道：“姐这叫宁缺毋滥，懂吗？再说姐有资本，离过婚，但也才二十八。虽说还拖着个女儿，但姐长得好啊。再说还有个服装店，不用靠男人活。”

我说：“行了行了，你就是当代离婚女人的偶像，单身妈妈的楷模。”

她笑：“谢谢夸奖，我对好听的话从来来者不拒。”

–（2）–

我一直把采儿这种性格，归功于她曾经吃过的苦。

据采儿说，高中一毕业她就开始走南闯北，去北京淋过雨，去上海碰过壁，最后辗转去广州漂了几年，终于守得云开见月明，嫁给一个有钱大叔。

我曾经打趣采儿：“你要不是喜欢钱，为什么嫁给一个比你大十岁的大叔？”

采儿盯着我问：“我说因为一碗银耳莲子羹你信吗？”

我点头说：“我信！我信！我打死都信！”

她收回目光。

我倒吸一口冷气：“你那眼神儿，我敢不信吗？”

2010年冬天，江城没有下雪，但每天都刮着很冷的风。采儿生病住院，托我帮她照看小采儿。期间我去医院看她，带着可乐帮她熬的银耳莲子羹。

她手不方便，我喂她喝，喂着喂着泪水就吧嗒吧嗒掉进了碗里。

我手足无措：“采儿，你怎么哭了？”

采儿说：“那一年，我在广州打工，生病了从来没人照顾，后来遇见一个人，在我生病的时候捧着一碗热腾腾的银耳莲子羹亲自喂我喝，后来他向我求婚，我就嫁给他了。因为他喂我喝银耳莲子羹的时候，我心里从来没有那么温暖过。”

我说：“追女孩儿这么简单啊，早知道我就后宫佳丽三千了。”

采儿一听不哭了，骂道：“三千算什么？那个老匹夫早就上万了！”

我吃惊地问：“哪个老匹夫？”

采儿说：“就我那极品前夫啊，结了婚我才知道，他有两任前妻，三个女儿，见我又生了个女儿，很快外面就又有个年轻女孩儿怀了孕。”

我配合她："大叔思想就是腐败落后，女儿怎么了？"

采儿也说："女儿怎么了？怎么了？他妈不是女的啊？"

我大汗："离婚前吵架，你是不是也经常这么骂？"

采儿说："对呀，有一次我问他，你妈不是女的啊？他说他还有个小舅，我说那是你小舅生的你还是你妈生的你？他说我简直不可理喻。"

我说："采儿啊，你真是女中豪杰。"说完笑趴在床沿上。

–（3）–

2010 年冬天，采儿终于遇见一个她觉得不丑的男生，叫小熊。

小熊第一次出现在酒吧，是因为失恋，谈了六年的女朋友承认自己出轨，狠狠绿了小熊一把。那时候《北京爱情故事》正热播，小熊大醉，盯着屏幕上的杨紫曦痛骂。

采儿在旁边笑得合不拢嘴："小帅哥，你女朋友出轨了是吗？"

小熊说："贱货，跟杨紫曦一样，跟了一个有钱人。"

采儿扑哧一笑："你女朋友很漂亮吗？"

小熊说："比杨幂漂亮！"

采儿翻翻眼珠："有我漂亮吗？"

小熊瞟一眼采儿："不知比你漂亮多少倍！"

采儿说："我才不信，你敢把她照片给我看一眼吗？"

小熊把手机递给采儿，采儿盯着手机屏保，一声尖叫。

小熊问："怎么了？"

采儿惊呼："天啦，你女朋友这么丑，她妈妈知道吗？"

小熊一把抢回手机。

采儿笑着说："小帅哥，别生气嘛，走，漂亮姐姐陪你喝酒去！"

小熊眼睛一亮："真的呀？哈哈！哥哥我今天来酒吧就是为了一夜情的！"

采儿一听，啪啪两耳光，小熊倒在了沙发上。

原本我以为小熊肯定暴走，结果小熊却哭了，边哭边说："我今天怎么这么倒霉啊我，女朋友刚跟一个开奥迪的大叔跑了，喝顿酒还遇见个泼妇！"

采儿大叫一声冲上去和小熊拼命。

我心想，这俩货上辈子肯定有仇。没过多久，俩二货第二次在酒吧见面，小熊指着采儿："我想起来了，上次趁我喝醉打我的那个女的，就是你！"

采儿："是我又怎样，你想找我报仇吗？"

小熊："我不打女人，但我肯定不会放过你！"

采儿："你打算怎样不放过我呀？"

小熊想了想："哇，漂亮姐姐，我追你好不好？"

我忍不住打个哆嗦。

采儿握住小拳头对着小熊，眼睛里火光四溅："你说什么？"

小熊连退三步："我说，我追你好不好？"

采儿咬咬牙，深呼吸一口，笑容要多诡异有多诡异："小弟弟你多大？"

小熊："二十二。"

采儿又问："你猜我多大？"

小熊：“二十四？”

采儿：“二十八。”

小熊：“二十八呀，哥哥不介意，漂亮就行。”

采儿：“我离过一次婚，还有个一岁多的女儿，这些你都能接受吗？”

小熊：“啊？！”有一点儿肯定的语气。

采儿不说二话，拖着小熊就往门外走：“那行，咱领证去吧！”

小熊鬼哭狼嚎：“姐，你听我说，户口本在我妈那儿！”

采儿不理他，架势越来越大。

十秒钟后，门外传来采儿一声大吼：“找你妈要去！”

我心想，完了。

-（4）-

2010 年冬天，小熊和采儿虽没结成婚，却成了一对狗男女。

两人经常挽着手来酒吧秀恩爱，采儿总问我：“你猜我咋会看上一小我六岁的小弟弟？”

我说：“大叔口味太重了，换点儿清纯的呗！”

她说：“你信不信我揍你？！”

小熊在旁边帮腔：“打他！”

两人一好就是半年，在一起的时候，要多恩爱有多恩爱。

直到 2011 年的春天，采儿喝醉了，问我：“小熊马上就要毕业了，我马上就二十九岁了，你说我是该把他留下，还是该让他滚蛋？”

我想了想，问她："你真的喜欢小熊吗？"

采儿说："我也不知道，或许那种感觉不是喜欢，但是和他在一起真的很开心。无忧无虑的仿佛什么都不用想，就像陪一个小屁孩儿过家家，你能明白吗？"

我说："明白不了，但是开心就好。"

采儿叹口气说："我也想开心就好，可是二十九是个很可怕的数字，何况我还是个单亲妈妈。更重要的是，我怕影响小熊的前程，毕竟他还是个小屁孩儿，需要成长，需要出去历练历练。我怕我等不了他，更何况，我们也注定不会有结果。"

我猜到一点儿，但还是问了："为什么？"

她笑了笑，问："天底下有哪个母亲愿意看见儿子娶一个离婚带小孩儿的女人？"

我想了很久，终于想出一句鸡汤："爱情的力量是可以战胜一切的！"

她说："滚蛋，任何力量都可以战胜爱情才对！"

-（5）-

2011年6月，采儿主动提出分手，小熊哭着问："为什么？"

采儿说："我跟你玩过家家呢，你不会当真了吧？"

小熊擦干眼泪，无比认真地说："可是我是认真的，我连未来五年的计划都安排好了，我想和你结婚，我会努力挣钱，我会好好照顾你和孩子！"

采儿忍住笑，问：“我和孩子？”

小熊说：“对，你和孩子，你的孩子也是我的孩子。”

采儿又问：“你真想和我结婚？”

小熊点点头，说：“那天你拖着我和你领证，虽然没领成，但是从那一刻开始，我突然就爱上你了，说不上为什么，就是爱上你了，无法自拔。”

采儿想了想，问：“那天我们为什么没领成证？”

小熊说：“没户口本。”

采儿笑了：“那现在呢，你有户口本了吗？”

小熊摇头：“没有。”

采儿问：“那你拿什么和我结婚？”

小熊说：“我晚上就回去拿。”

采儿笑了：“你觉得你拿得到吗？你妈会给你吗？”

小熊想了很久，咬咬牙：“如果不给，我就偷。”

采儿冷笑一声，走到小熊跟前，表情突然变得很严肃，一字一顿地说：“听着，等你有能力不用去‘偷’的时候，再说娶我的话吧。”

小熊说不出话。

－（6）－

6月底，小熊去广州，采儿没去送他。

小熊走后，采儿像丢了魂，有一天晚上她来酒吧喝酒，醉得走不了路，我开车送她回家，半路上她问我：“你说我是怎么了？我真的爱上小熊了吗？我怎么可能爱上一个小我六岁的小男孩儿呢？我有那么不成熟吗？”

我想了想，问：“你除了错嫁给那个大叔以外，从来没谈过恋爱，对吧？”

后视镜里，采儿翻了个身望着窗外，笑了笑说：“对呀，那时候我谁也看不上，尤其看不上身边那些幼稚的同班男生。那些男生在我眼里就是一群无知的小屁孩儿。而且也有很多小屁孩儿追过我，但是我从来没有正眼瞧过他们！”

我笑：“哈哈哈，没想到自己有一天会爱上小屁孩儿吧？哈哈哈！”

她也笑：“对呀，从来没想过，可我就是控制不了我自己。”

车里安静了一会儿，我说：“你也有认输的一天。”

她笑：“从他说出‘我喜欢你’这四个字的时候，我就已经输了。”

我不敢相信自己的耳朵：“我喜欢你？”

她说：“对，我喜欢你，从来没有人亲口对我说过‘我喜欢你’，他们总是说我爱你，开口就是我爱你，我好爱好爱你，爱来爱去，爱得我都怕了。”

–（7）–

2011年秋天，采儿把小采儿从老家接回来，整个人都忙了起来。忙着忙着，就再也没跟我提过小熊，每次我们聊天，都是关于小采儿的成长和教育。

那段时间采儿心情好了很多，心情好了气色也好，气色好了自然就有人追。没办法，采儿长得漂亮，用她自己的话说，像我这种身材连我自己看了都流口水。

但采儿每一次的答案都是：“天啦，你长这么丑，你妈妈知道吗？”

有一回，追他的是个三十多岁品貌俱全的大叔，锲而不舍地追了三个月。采儿一直不肯答应，多难听的话都说了，可人家就是不放弃。最后还来了剂猛药，一夜之间，整条酒吧街的广告牌上全都写着：采儿，我爱你。

最后大叔捧着玫瑰跪在店门口，众目睽睽之下向采儿求婚：“我知道你离过一次婚，所以我发誓，绝对不会再让你离第二次。我知道你担心你的女儿，但是大可不必，我会对她比亲生女儿还要好。我知道你一个人不容易，人生那么苦，所以我想替你分担一点儿。所以请给我一次机会，嫁给我吧，好不好？”

多动人的台词啊，连我都快被感动哭了。

但是采儿站在门口，眼泪吧嗒吧嗒打在玫瑰花瓣上，嘴里却说：“对不起。”

大叔沉默一下，问：“为什么？”

采儿说：“因为我心里有喜欢的人了。”

我心里有喜欢的人了，呵，我在想，有时候喜欢比爱的力量不知道要大多少倍。

但是一年过去，小熊还是没有一点儿消息。

2012 年秋天，采儿三十岁生日，我问她：“还要等下去吗？”

采儿和我碰了个杯，抿着嘴巴没说话。第二天，采儿的服装店里出现一副巨大的海报，上书：北方有佳人，绝世而独立。一不去相亲，二不会结婚。

我说：“采儿，你是我偶像。”

－（8）－

2012年秋天以后，采儿性格收敛很多。

如果有人追她，她不再骂人家长得丑，而是把别人带进店里，指着墙上巨大的海报说：“你看，这是我的人生目标，尤其是一不二不。”

慢慢地没人再来打扰她，日子开始变成单曲循环。

2013年秋天采儿三十一岁，突然间老了很多，眼角已经藏不住鱼尾纹。

很多人开始劝她说：“找个人嫁了吧，女人一旦上了三十就老得很快，皮肤会越变越差，皱纹会越来越多，黑眼圈会越来越明显，白头发会越来越数不清，尤其是像你这种大眼睛的美女，迟暮之后眼角就会下垂会变得面目狰狞……”

说得我毛骨悚然，暗自庆幸自己不是女人。

采儿却总是轻描淡写：“无所谓呀，反正我已经结过一次婚了，甜头苦头都尝过了，也不在乎多一次少一次。更何况，单身其实挺好的，自由，无拘无束。”

有一次走在路上我问她：“单身真的挺好吗？”

她说：“挺好，都成习惯了。”

10月的秋风已有凉意，吹得满大街一片荒芜。就这样，冬天来临，一场寒流把采儿送进医院里。

我去医院看她，提着保温桶，里面装的是她喜欢喝的银耳莲子羹。窗外下很大的雪，采儿躺在病床上，脸色比任何时候都要苍白，她说：“你喂我喝吧。”

我说：“太烫了，等一会儿吧。”

她说：“可是我好想喝。”

我说：“再等一会儿吧，真的太烫了。”

她笑一下，望着窗外说：“下雪了。”

我说：“我知道。”

她眼泪掉下来：“还记得小时候那首童谣吗？下雪啦，下雪啦，雪地里来了一群小画家。小鸡画竹叶，小狗画梅花，小鸭画枫叶，小马画月牙。不用颜料不用笔，几步就成一幅画。小青蛙，呱呱呱，它为什么没参加？它在洞里睡着啦！”

我笑一下：“采儿，你变了。”

她问：“变好了还是变坏了？”

我说：“变温柔了。”

她把目光收回来，问：“真的吗？”

我点了点头。

她沉默一会儿，说：“这两年，小熊一共给我写了二十八封信，每个月一封，从来没有间断过。所以我没你想的温柔，如果不是这些信，我可能还是个母老虎。”

我说：“哈，挺感人哈。”

她苦笑一下：“可是上个月，他却忘了。”

我觉得是时候了，准备发信号。

可一抬头，门口就传来小熊的声音："谁说我忘了？"

那一瞬间，采儿捂住嘴巴，盯着小熊，泪水一下子就滑了下来。这还是第一次，我看见她哭得这么干脆，稀里哗啦接二连三，一点儿也不拖泥带水。

我说："采儿，银耳莲子羹是小熊帮你熬的呢。"

她不说话，第一次害羞地红了脸。

小熊慢慢地走到采儿面前，打开保温桶，说："采儿，我喂你喝吧。"

采儿张大嘴巴，闭上眼睛，笑了。

-（9）-

2013年冬天，窗外漫天大雪，飘满了全世界。

小熊走到采儿面前，掏出一个户口本，顿了顿，又从怀里掏出一封信。拆开，单膝跪地，念给采儿听，简简单单一句话，却念了很久："采儿，嫁给我吧。"

采儿闭上眼睛，两行泪水，一寸一寸地点了头。

小熊冲上去抱住采儿，激动地哭了："谢谢你。"

采儿边哭边笑，问："谢什么呀？"

小熊说："我知道你一直在等我，你在给我时间等我长大。我知道你表面坚强内心却是个脆弱无比的小傻瓜，你为了等我说了好多好多的脏话。"

采儿打一下小熊：“我什么时候说脏话啦？”

小熊问：“我长这么丑，我妈妈知道吗？”

两个人紧紧拥抱在一起。

这是我看过的最温暖的画面，也是爱情最感人的结局。

我在想，真正属于你的，从来都不会错过。就算错过了，也会绕个圈子再回来。

每一段幸福的爱情背后，都有一种被我们称作苦难的东西。走过了，再痛苦的过去也是温暖的回忆；走散了，再美好的将来也与你们没关系。

而我们总是走丢，总是找不到路。

真心离伤心最近，梦醒离梦碎最近，希望离绝望也最近。理想总是和现实背道而驰，一切近在眼前却又遥遥无期。

但没关系，遇见对的人，时间和距离，年龄和过去，都不是问题。

一个叫采儿，一个叫小熊。

你爱我吗，答案很长我要回答一辈子

－（1）－

你爱我吗？

我有一个朋友叫方南，被这个问题困扰了差不多十年。

她的女友叫笛笛，重庆人，爱吃辣，但性格却很温柔。不说脏话不闹腾，也很少开玩笑。但也是性情中人，重感情又敏感，狮子座的林黛玉。

方南第一次带笛笛来酒吧是在他生日的晚上，开两箱鸡尾酒，笛笛问他："这酒我能喝吗？"方南说："能喝，喝多少都没事儿，这不是酒，是果汁。"

笛笛不知不觉喝几瓶，不知不觉脸红红，突然搂住方南脖子问："你爱我吗？"

方南说："爱。"

笛笛说："不，我要听完整的。"

方南大声喊："笛笛，我爱你。"

笛笛妩媚地一笑："你说爱我就爱我吗？你要是真爱我，就证明给我看！"

方南问："咋证明？"笛笛说："你站起来。"方南站起来。笛笛说："你把手举起来。"方南把手举过头顶。笛笛说："你对天发誓，说你爱我。"方南对天发誓："笛笛我爱你。"笛笛说："说你一辈子不离开我，否则将来娶个妓女并且天打五雷劈。"

方南崩溃大喊："我发誓，我这辈子只爱汪笛笛一个人，一辈子只对汪笛笛不离不弃。否则一辈子打光棍儿！"

笛笛嘴一兜："不许打光棍儿！你必须娶个妓女！"

全场人冷汗。

-（2）-

方南和笛笛认识是在重庆上高中时，笛笛虽是重庆人，但父母都在武汉，高二转回重庆。作为转校生，不仅长得漂亮，学习还好，一下子就成了焦点。

方南一直以为自己帅得掉渣，给笛笛写情书：小妞，做我女朋友吧？

笛笛：你谁啊？不认识！

方南受到沉重打击，开始追笛笛，从重庆追到武汉。

2011 年秋，上完大四最后一节课，笛笛问方南："如果按照毕业时的不变规律，我们是不是该分手了？"

方南："分什么手，我才不跟你分手，打死也不分！"

笛笛："你这人真有意思，我要非分，你咬我啊？"

方南坐两小时公交从汉口赶到武昌，见面就把笛笛拉进怀里，一口吻上去。一阵嘴唇的战斗过后，方南："看，我咬你了，现在可以不分手了吧？"

笛笛红着脸："你属狗的啊？"

-（3）-

大学毕业后方南在一家设计公司上班，笛笛在父母的安排下当了幼师。

从学校踏入社会一般都要经过一个很难的阶段，方南也一样。赶上苹果大火的两年，单位几乎人人一部，方南也想买一部当作生日礼物送给笛笛。

无奈实习工资太低，别说攒钱买"爱疯"，连吃住都是问题。

那时离笛笛生日还有四个月，方南拟定了一份计划，每个月攒五百，四五两千，到时候再找朋友借点儿，凑凑差不多也就够了。

上班下班，打车睡觉，四个月很快过得差不多。期间方南的变化很大，笑得少了，沉默多了，经常下了班一个人来酒吧喝闷酒。不用问我也知道为什么，也知道安慰之类的话基本等于空气，只好偶尔陪他喝两杯。

离笛笛生日还有二十几天，我问："钱攒够了吗，要不先在我这儿拿点儿吧？"

他摇了摇头，苦笑一下：“最近我一直在想，这样工作下去到底有什么意义？四个月了，省吃俭用没攒到一分钱也就算了，还欠了一屁股的债。”

我体谅地笑笑，说：“慢慢就好了，我刚去深圳那年，六个月欠了八千。”

他沉默一下，说：“道理我都懂，只是我觉得活得太失败了。”

不幸的是屋漏偏逢连夜雨，人要是倒起霉来拦也拦不住。

离笛笛生日还有差不多十天，方南生了场怪病：开始只是咳嗽，消炎雾化理疗三天，不咳嗽了。但一到凌晨就在梦中被憋醒，发现自己不能呼吸，连话也说不出，一用力呼吸就发出特恐怖的哮喘声，持续一分钟左右。

这种情况一连发生三个晚上，一次比一次严重。

“不能呼吸”这四个字，我想，是个人大概都会感到害怕。

那几天我们陪他从武昌跑到汉口，几个人轮换从下午 6 点排到第二天早上 7 点多挂专家的号，等到的结果却是某教授的一句：可能是由于神经太紧张。

回酒吧，方南捏着手里一大堆收据单沉默不语。我不知道他心里在想什么，但我看得出他眼睛里的失落和无助，还有一层不易察觉的液体。

我认真想一会儿说：“没什么大不了的，明天我陪你去上海。”

他又发一会儿呆，坚定地摇了摇头。接近傍晚的时候，头也不回地走了。

晚上我给方南打电话无人接听，打给笛笛，她说方南出差去了。我才知道，原来笛笛并不知情。

晚上10点钟方南打回来，说他没事，还有千万别让笛笛知道。

我深吸一口气，说："好吧，有问题随时给我打电话。"

-（4）-

过几天就到了笛笛生日，方南上午打电话给我定了包间。晚上他带着笛笛过来，提着大蛋糕，打扮得很阳光，看起来一点儿生病的样子也没有。

那晚方南为笛笛过了一个特别浪漫的生日，有蛋糕，有蜡烛，有红酒，有牛排。我进去送礼物，看见方南正把一颗樱桃喂进笛笛嘴里，嘿嘿一笑说："真乖。"

看见我进来，方南说："你瞧，这人真不懂眼色。"

笛笛嘴一兜，指着我："滚出去！"

我骂一句"狼狈为奸的狗男女"，隔空把礼物抛给笛笛，轻轻把门带上。

半个小时后，笛笛推开门跑了。

又过几分钟，没见方南出来，走进包厢，才听见他撕心裂肺的哭声。

我心想，刚才不是还好好的吗？

后来我才知道那晚发生了什么，方南喝完杯子里的红酒以后，从包里掏出一个白色的包装盒递给笛笛，笑着问："喜欢吗？"

笛笛愣一下，赏方南一个飞吻，点点头说："喜欢。"

两个人目光紧对着，半分钟左右，方南突然认真地说："笛笛，我们分手吧。”

笛笛愣在那里，半天才问：“你说什么？”

方南说：“笛笛，我们分手吧，我是认真的。这几个月以来，我越来越发现自己活得真失败。我知道即使将来自己有能力给你一个家，这个过程也会很漫长。我不想耽误你，更不想你跟着我吃苦受委屈。所以，我们分手吧，你要幸福。”

笛笛愣很久，嘴唇颠簸一会儿，站起来推门跑了出去。

-（5）-

过几天，我才慢慢了解到，原来方南办了张信用卡，透支了八千，四千还掉借朋友的钱，剩下四千给笛笛买了部手机，而且把工作也辞了。

又过几天，我才知道，原来方南还写了封遗书。

但不巧的是，笛笛收到遗书的那天，方南的病突然好了。

那天下午方南来酒吧，郁闷得不行：“原来是咽炎！只不过是咽炎稍微严重了点儿受到刺激引发的喉痉挛！这群没品的庸医！让老子检查肺！检查胃！检查心脏！检查呼吸系统！老子明明是咽部红肿好不好？”

骂完，方南哭着说：“害我把笛笛也弄丢了。”

-(6)-

还好，事情没有想象的那么糟。

晚上笛笛突然赶到酒吧，见面就是一耳光：“贱人，你不是快死了吗？”

方南：“现在不死了，都是那群庸医害的！”

笛笛：“你不是遗书都写好了吗？不是准备祝我幸福将来再找个好男人吗？”

方南盯着笛笛：“你可不可以把遗书还给我，我想把它撕了！”

笛笛从兜里掏出一沓碎片扔到方南脸上。

方南眼睛一亮：“笛笛，你是不是原谅我了？”

笛笛嘟嘟嘴，哇一声扑进方南怀里，大骂一声：“你说呢，贱人！”

两个人紧紧抱在一起，恸哭半小时。

第二年春天，方南和笛笛商量好先去上海待两年，积累点儿经验和财富。离开前来酒吧，笛笛喝醉酒，搂着方南的脖子问：“你爱我吗？”

方南说：“爱。”

笛笛说：“不行，我要听完整的。”

方南大声喊：“笛笛，我爱你。”

笛笛伤心地一笑：“那你有多爱我？会不会离开我？用什么证明你爱我？”

方南正准备回答，笛笛眼一闭，倒在他怀里睡着了。

笛笛到幼儿园路过酒吧，方南走后，如果不着急，她经常会进来坐一坐。有一次我和她聊天，聊到了方南，我问：“你和方南还好吧？”

她笑着反问我：“你看我天天这么活蹦乱跳的样子像不好吗？”

我笑说：“哈哈，真佩服你们，异地恋不吵架就很难得了。”

她也笑：“其实我和方南也经常吵架，但是每次吵完架，他用不了几分钟就会把我哄好。就算是我的错，也总是他先逗我开心，哈哈！”

我说：“你们两个给我的感觉，就像刚谈恋爱的小男生小女生。”

她哈哈一笑，说：“可能是每天都和小朋友生活在一起，所以我不认识什么玛莎拉蒂，也不认识什么古驰、路易威登。我心里最开心的记忆就是高中方南追我的那段时光，我不同意，他就每天用各种方法吸引我注意。尤其是上体育课，他穿一件白衬衫，故意从我面前走过去，我要是抬头看他一眼，他就笑得像阳光一样好看。”

我沉默一会儿，说：“可是很多人都不这么想。”

笛笛说：“没关系，很多人都会迷路，比如我和方南。你也知道，刚毕业那段时间他过得多压抑，压力最大的时候甚至逼得他写了遗书。但是后来不也好好的吗？方南说，说不上为什么，人在经历过莫大的痛苦后，反而会触底反弹，内心会莫名地变得很温暖，会越来越相信美好阳光的事物，也会变得很坚强。”

我说：“可是很多人一旦迷路，就再也找不到回来的路。”

笛笛说：“我觉得，两个真心相爱的人，如果一个人走丢了，另一个就该拉他一把。大家都说男孩儿一生最悲哀的事就是在最无能为力的年纪，遇见了最想照顾一生的女孩儿。那，女孩儿就该给男孩儿一个照顾自己一生的机会，对不对？”

“可事实上，一个走丢了，另一个很快也就丢了……”

笛笛温柔地打断我："别想那么多，爱，其实很简单。"

–（7）–

三年后，方南从上海回武汉，自己创业开一家小广告公司。虽然当了老板，但日子过得比之前还苦，基本上每晚都要加班到很晚，通宵也是常事。

有一晚他和笛笛突然深夜来酒吧，带很多下酒菜。

方南宣布："我和笛笛昨天结婚了，没有办婚礼，马上大家都会过来，玩个通宵？"

我愣一下，激动地说："不醉不归。"

笛笛又喝醉，搂着方南问："你爱我吗？"

方南说："我知道你要听完整的，那现在听好了，汪笛笛，我爱你，好爱好爱你！"

笛笛问："好爱好爱有多爱？"

方南说："答案很长，我得用一辈子的时间去回答你，你准备好听了吗？"

笛笛笑着："不，我要听两辈子，三辈子四辈子五辈子，好多好多辈子！"

酒吧里没人说话，但每个人的眼眶都是湿的。我心想，你们一定要幸福下去。

方南俯下身，慢慢地吻住了笛笛。

旁边坐着的老李抹一把眼泪，第一个鼓掌，随之掌声铺天盖地。

酒吧里又响起了他装满几十年沧桑的民谣：

“犹记得那年的秋天，落叶飘满了校园。窗边的男生昏昏欲睡，阳光它照暖了桌面。每一个冬天大风吹，雪再大也无所谓，单纯的我们无邪的笑声每一句都很好听。犹记得钟声伴日落，眼前有一条寂寞的河，流向了远方充满了想象心里发誓要经过。体育课总是很短暂，微风吹过的俏脸，女生们坐在草地上，偶尔害羞红了脸。无边无际的天很蓝，穿白衬衫的少年，阳光一般的笑颜，爱很简单。”

－（8）－

爱很简单，可要证明给一个人看，却要花一辈子的时间。

有人以祝你幸福的名义中途退场，有人抱着将就的心态开始陪你过一生；有人说一万句情话也打动不了你，有人草草几句安慰就让你死心塌地。

好比世上没有完全相同的两片树叶，更不会有完全适合的两个人。所谓的从相遇到白头，不过是一个孤单的灵魂遇见另一个孤单的灵魂，突然发现它们紧挨在一起胜过世间的寒冷，时间也不允许再折腾。所幸，就这样过一生。

你爱我吗？是这世上最难回答的问题。

我爱你，只有明天能作证，只有未来能旁听，只有时间能画上句号，只有你能决定值得相守或是一场徒劳。

但是我爱你，也可以不需要证明，也可以与你没关系。

一切问题的答案只有一个，就是不离不弃。

说到底，我爱你不需要证明，两个真心相爱的人，不会相互猜疑。两颗紧贴在一起的心，不需要这三个字来取暖。

清早起床一个阳光般温暖的微笑，拥抱时一个安心的眼神，便已足够。

一句简单的问候，也够我们回味很久。

爱很简单。

4

时光深巷，岁月温暖

你努力去爱的样子，又孤独又美好

我会认真答题，请不要轻言放弃

-（1）-

一个人怎样才能过好这一生？

一万个人就有一万种答案，年幼的打打游戏，年长的做做苦力，年老的说什么都是夕阳无限好。还有一种煽情的说法，这世上，是没有人可以过好这一生的。

有个姑娘说，人生其实不过短短三十年。前二十年游戏人生，有理想时不够有决心，有决心时发现岁月忽已晚。往后十年庸庸碌碌，经历诸多失败，越来越偏向安逸。愚者不努力，懒人盼中奖，出门就想买彩票，买完就幻想中个一千万。然后平白无故地，就难过起来，寂寞难耐，该死的三十岁转眼就来。

每个人都以为自己的人生会轰轰烈烈，而最后都是平平淡淡。

姑娘说，所以是没有人，可以过好这一生的。

但，并不是所有人都把问题想得这么复杂，我有一个朋友叫苏东，为人简单，爱讲笑话，但有点儿感性，他的人生最简单：睡前情话、酒吧吹牛、网上闲聊。

如果你问他过得好吗，他会狠狠地点头。

－（2）－

有一回喝醉，他讲：“毕业那年，最好的室友送我一锦囊，嘱咐说，等哪一天遇见解决不了的困难再打开。隔年，我南漂到深圳，身无分文，饥肠辘辘，正在绝望之时，突然想起室友送给我的锦囊，我犹如发现救命稻草一般打开。”

大家见他表情凝重，一起凑过去问：“哇，上面写的什么妙计？”

苏东胸脯一挺，说：“只见八个正楷大字：你现在一定很缺钱！”

到了冬天，窗外飘着大雪，酒吧里空调坏了大家都抱怨冷。

一哥们儿来自内蒙古，大声说：“就这也叫冷？在我们呼伦贝尔，不是我吹，滴水就成冰。”另一哥们儿来自哈尔滨，不服气，说：“在东北，大家冬天都不敢点蜡烛，因为一点蜡烛火苗立马就会被冻住，得等到来年开春才化得开。”

大家一起鼓掌，说：“东北确实冷，冬天做不了饭大家都吃冰。”

苏东在旁边叹口气，说：“唉，有一年冬天我去宁夏看我女朋友，临走的时候还有一箩筐话没说完，只好出门，话一出口立马就冻成冰块。我就一口气冻了三百六十块冰，让我女朋友放在冰箱里，每天在微波炉里化一块听，一年才化完呢。”

大家都忍不住打个寒战，确实够冷，差点儿冻死人。

–（3）–

苏东女朋友叫燕子，跆拳道黑带三段，柔道黑带一段，从小看武侠小说长大，崇尚暴力，性格果敢。据说从来不和苏东吵架，因为每次都是动手。

不过苏东运气好，燕子当打之年从大学应征当上女兵，三年前去了宁夏。

每次苏东在酒吧吹牛，总有人提醒他：“燕子要是在，省不了又是一顿暴打。”

苏东总是说：“真正的高手，从来都是不打女人的。”

而事实上，两年前，燕子进部队那年，苏东死活不愿意，怒抱怨：“从没见过这种女人，一点儿也不女人，当什么不好非要去当兵，要是非当就分手！”

燕子一听暴怒，狠踹苏东一脚，苏东不甘示弱，鼓起勇气轻推燕子一把。

燕子把黑带掏出来系上，怒吼一声：“你竟敢还手？”

苏东又推一下，推完掉头就跑，燕子一撸袖子从操场追到校门口。

我们怕出人命，追上去，结果俩人正在同吃一碗麻辣烫。

半个月后燕子坐火车去宁夏，苏东托关系搞到几张站台票。到了上车前，燕子没哭，苏东哭得上气不接下气。燕子无奈，把苏东抱进怀里，像小孩儿一样哄。

燕子走了，苏东跟着火车跑几百米，被警务员活活架住差点儿送到精神病院。

两个人开始了异地恋。

－（4）－

部队里不许用手机，但苏东还是坚持哄燕子睡觉的习惯，每晚编一首情诗或一段甜言蜜语用电子邮件发过去，等燕子有空了去网吧一次看完。

燕子虽有暴力倾向，但毕竟是小女生，也有一股子似火的柔情。

她喜欢听苏东说情话，而且要听那种排山倒海很豪放的情话。无奈苏东天生豪放不来，抬笔就是肉麻，落笔甜到掉牙。

有一回俩人闹矛盾，苏东在酒吧喝酒，边喝边摇头："难啊，真难。"

我过去问他："什么这么难？"

苏东说："燕子要听情话，而且要听那种特豪放的情话，我想了一晚上特豪放的情话，好不容易凑成一首发给她，换来的竟是一句'恶心'。"

我笑问："你都想什么豪放的情话啦？"

苏东叹口气，背给我听："你温柔的脸是如春的娇艳，让我欲罢不能，你身上还有夏雷滚滚的热情，你的眉毛如秋叶般满是哀怨与柔情，你是冬天里的一把火，温暖我心神。你就是我的夜我的光我的黎明，我心中远古的图腾。"

我呆了，点点头：“是很豪放。”

-（5）-

燕子当兵第二年，苏东毕业，正儿八经找了工作，在一家传媒公司当策划。每天只干三件事，白天上班，晚上喝酒，深夜哄燕子睡觉。

为了排遣寂寞，他学会了吹牛，上嘴唇着天下嘴唇着地吹起牛来脸也不要。有一回喝醉，他说：“想当年我爷爷参加抗美援朝，一个人突出重围去送信，路遇敌人一个团，他一怒之下抱起机枪不顾生死往前冲，最后把敌人全歼了。”

我说：“英雄啊，改天一定要去拜访下老人家。”

苏东说：“其实这不算什么，还有一回，敌人的坦克上战场，眼看就要冲上高地。我爷爷怒吼一声，冒着炮火把一颗大石头塞进炮杆堵住了敌人的炮弹。”

大家一起鼓掌，说明天就要去拜访老人家。

苏东沉默一会儿，说：“只可惜，我爷爷最终没能从战场上回来。”

所有人沉默，都拍拍苏东的肩，敬他一杯酒。

苏东又说：“但我奶奶每年都会坐火车北上去鸭绿江边上烧一炷香，从小奶奶给我讲了好多爷爷的英雄事迹，虽然听起来都很玄乎，但每一个我都信。”

我知道他一定是想燕子了，笃定地说：“我也信。”

后来我问苏东：“想燕子了吧，异地恋什么感觉，听说很累？”

他立马反驳："放屁，一点儿也不累，男人不说累！"

我说："好吧好吧，你就说什么感觉吧。"

他沉默一会儿，叹口气说："我的感觉说不出，但我知道燕子的感觉一定不好，她总是装作很爷们儿，但很多次打电话，我都听出她在偷偷地哭。"

我说："既然坚持了这么久，就一定要坚持到底。"

他说："我写过一首诗，专门写给异地恋的情侣们的，你想不想听？"

我把耳朵伸过去，说："早上刚洗的，你赶紧说。"

他喝一杯酒，深情朗诵："不美好的爱情里，一个是主角，一个是配角。一个被宠坏，一个受伤害。一句再见是不见，一句承诺是欺骗。美好的爱情里，没有配角，都是主角。一个很温暖，一个很简单。一个离开是牵绊，一个等待是永远。"

我情不自禁地觉得，好像是这样啊！

－（6）－

又过一年，冬天，江城飘起鹅毛大雪。燕子终于回来，三年不见，一身帅气的军装，英姿飒爽地站在我们面前，旁边站着幸福到脸发烫的苏东。

燕子说："唉，一把年纪了，请个假回来，打算把媳妇娶了。"

我想一会儿才反应过来，以前燕子也把苏东叫"老婆"，苏东不答应也不抵抗。

过一会儿，燕子眉开眼笑问苏东：“老婆，你愿意嫁给我吗？”

苏东笑眯眯地朗诵道：“平白无故的，就难过起来，寂寞难耐，该死的三十岁转眼就来。”

燕子一脚踹过去：“你再拐弯抹角，信不信我揍扁你？”

两个礼拜后，我去苏东家做客，终于见到传说中的奶奶。一个九十一岁白发苍苍的老人家，耳朵不好使，也不爱说话，但是喜欢笑，笑起来特别温暖。

吃罢饭大家围着炉子烤火，窗外飘着鹅毛大雪。老人家不说话但笑容始终挂在脸上，一边笑一边守着两个烤红薯，中间还温着一壶酒。

我问苏东：“这是什么酒，闻起来比烤红薯还香？”

苏东看一眼燕子，笑眯眯地说：“这叫屠苏酒，也叫岁酒，配方全是些中草药，据说是我家的家传，还据说，凡嫁进门的媳妇都要学会泡这种酒。”

燕子推苏东一把，小嘴巴一撇：“我才不学！”

老人家看见孙儿孙媳打情骂俏，笑得合不拢嘴。

-（7）-

过一会儿，苏东突然想起什么，骄傲地向我介绍：“对了，这就是我奶奶，两周前刚从鸭绿江回来，今年九十一岁。奶奶从三十一岁开始，每年腊月十一都要去鸭绿江边上一炷香，因为这天是爷爷生日，想一想，来来回回已经六十年。”

老人家似乎知道苏东在说什么，笑容缓慢而温暖。

我突然明白了什么，说："苏东，我终于知道为什么你和燕子能一起走到现在！"

燕子灵机一动："哈哈哈，我也明白啦，受奶奶熏陶！"

苏东白她一眼："不是受奶奶熏陶，而是你太傻，我怕你跟了别人受欺负。"

燕子拳头一握，不屑地说："看谁敢欺负本宫？"

指关节咯嘣咯嘣响五六七八声，惹得老人家露出仅剩的一颗牙。

傍晚的时候燕子对我说，她去当兵前，二货苏东塞给她三个锦囊，嘱咐她一年拆一个，一定要一年拆一个！第一年生日，燕子满怀期待地拆开第一个，看见方方正正的八个大字：你现在一定很想我！

气得她想隔空踹他一脚。

第二年生日，燕子带着愤怒的心拆开第二个，气得她专门请假出去打电话把苏东痛骂一顿，苏东写了七个更大的字：你比去年更想我！

燕子愤怒地倾诉完，但却幸福地望了苏东一眼。

我说："哈哈哈，第三个不会是'你从未如此想我'吧？"

燕子笑着不说话，苏东反驳道："错，像我这种才子，怎么可能如此不浪漫？"

我朗诵道："你就是我的夜我的光我的黎明，我心中远古的图腾！"

苏东立马打断我："闭嘴！"

燕子哈哈大笑，笑完说："二货在第三个锦囊里也写了一堆肉麻的话，虽然我没背下来，但记得大概就是今天这样的场景：在一个冬天，天很冷，外面下着雪，屋里的人围着一盆火炉取暖，温一壶酒，烤两个香喷喷的红薯……”

老人家耳朵不好，但像是听见燕子的话，笑眯眯地掰开一个烤红薯，一半大的递给燕子，一半小的递给苏东，然后递给了我一整个。

我立马掰下一块儿塞进嘴里，哈哈大笑说：“来者是客。”

老人家又笑了，我笑着说：“哈哈哈，奶奶真好！”

笑完热情地掰一块儿大的递给老人家。

–（8）–

半个月后燕子和苏东结婚，那天一样下着大雪，我怕冷，参加完婚礼就偷偷溜进屋，空无一人，但炉子里的火烧得正旺，温酒的香气飘满整个屋子。

抬头看见墙上挂着的黑白老照片，盯着望许久。

苏东跟我说过，照片上的夫妻，是年轻时候的爷爷和奶奶。

我不知道六十年的思念是一种怎样的感觉，但我知道，记忆里某些东西依旧鲜活如初。好比我们儿时窗外的一场大雪，和老人家脸上缓缓的笑容，西北风一吹一个冬。

突然想到那个下午的情景，一瞬间便读懂了幸福。

我在想，现代人的爱情，大多没经过大风大浪，所以经不起考验。一句话不对就分手，一个误会便形同陌路，我的话说不出口，你的自尊无懈可击。

坚韧的无能为力，痴情的缺少勇气，卑鄙的用泪水栽赃嫁祸，善良的整日以泪洗面。

你用离开为错误救赎，在心里埋下一道日久不愈的伤口。

却忘了最简单的道理，不经过风雨，哪会见彩虹？

也许，当你老了，白了头发，才能懂得一些难能可贵。两个人相濡以沫，一个人颠沛流离。长情的守候终将有归宿，爱情伟大在至死不渝。

时间会长满青苔，但你永远不会从我心里剥落。列车会开到终点，而我绝不会提前下车。

等一天，人间一场大雪，门前几树冰花。一盆小火炉，两碗屠苏酒。

离开，让事情变得简单，但永远没答案；等待，总有一段艰难，却是一份考卷。

我会认真答题，请不要轻言放弃。

时光深巷的猫

–（1）–

猫小姐是一家咖啡屋的女主人，她的QQ昵称叫“时光深巷的猫”，所以我们都叫她猫小姐。

猫小姐很懒散，来了客人只问一句“喝什么”，然后微微一笑。没客人的时候就坐在吧台后边看书玩电脑，走路遇见熟人点头一笑，对陌生人视若无物。

但她的QQ签名是一句伤感的话：有一天晚上，你带我去流浪。天空下着雪，白发苍苍，梦一场。

我和猫小姐认识是在2011年冬天，当时她还不是咖啡屋的女主人，也不叫什么猫小姐。她在一家奶茶店打工，大家都叫她莉莉。

莉莉那时刚满二十一岁，有个谈了六年的男朋友。我很惊讶，觉得她很了不起。两人一起瞒着父母从重庆偷跑到武汉，我觉得她更了不起。

那时莉莉的QQ签名还是：毛主席说了，不以结婚为目的谈恋爱，就是耍流氓！

在她心里，自己和男朋友以后一定会结婚，用她的话说，是绝对。

-（2）-

但奇怪的是，莉莉的男朋友很少露面，他和莉莉每个月最多见一面，每次待一天。一般去江滩坐坐轮渡，户部巷吃吃小吃，不到傍晚就回来。

莉莉经常和我们说："我男朋友说他明年就娶我。"

但过了一年，她还在说同样的话。我一直以为她和男朋友异地，后来偶然听说一个在汉口，一个在武昌，隔着一座长江大桥罢了。

我说："好吧，长江大桥是有些长。"

莉莉说，他男朋友和别人一起在汉正街租了个小门面，做小商品批发，生意很忙，要经常坐火车到义乌进货，所以才没时间陪她。

我说那你陪他去呀，莉莉说那会影响他做生意。

我绞尽脑汁，想出一句鸡汤："年轻人是该以事业为重。"

-（3）-

2012年的春天，莉莉生日，她男朋友一早打电话来，让莉莉请一天假去汉口。

莉莉活蹦乱跳打车过去，结果晚上 10 点多钟突然回来。呆呆地站在奶茶店门口，头发凌乱，四目无光，浑身上下微微颤抖着，整个人看起来像丢了魂。

大家过去把她拉进店里，等安静下来，莉莉告诉我们，她男朋友出轨了。

一群人愣在那里不知道说什么好。

过两天，莉莉在 QQ 空间发一条说说，大概是说：自己为某个人背叛父母，丢掉一切等了六年多，等来的却是一场背叛。

过几分钟，有人在下边评论：真的是她主动的，你不能全怪我。

莉莉回复说：呵，我相信你没错，错的是荷尔蒙。

我看见她干脆的回复，以为她能很快调整过来。但接下来一个礼拜，莉莉却难受得不成人样：每天二十四小时躲在家里，不敢见人，怕光，听音乐会哭，看电视会哭，睡觉哭，睡醒了哭，还伴有间歇性心悸，胸口刺疼不能呼吸……

我们怕她做傻事，每天下班组队去安慰她，强行逼她喝水吃东西。过一个礼拜，莉莉终于好一点儿，重新回去上班，但一天到晚六神无主，经常出差错。

有一回，草莓奶茶被她调成木瓜奶茶，客人说我要的是草莓，她说没关系木瓜更好，可以丰胸，我一眼就看出你只有 A 罩杯，差点儿把人老太太气晕过去。

没办法，店长只好又批给她一个礼拜的假，莉莉开始一段堕落的生活，每天混迹在酒吧里，想要喝死过去。

我们担心她受欺负，又拿她没办法，只好轮流换人看着。

每晚安排两个莉莉的闺蜜来接她回去，有一晚，莉莉不停在嘴里喊："不就是出轨吗，姐也可以啊！不就是出轨吗，姐要是想比你容易多了……"

－（4）－

有个闺蜜抱怨说："不就是失个恋，至于吗？"

另一个闺蜜摇摇头，说："可是我们都没私奔过，更没为了男朋友背叛父母，一无所有只剩下爱情，最后却等来一场背叛，莉莉这姑娘是傻，但傻得可怜。"

半醒的莉莉突然出声，说："谢谢你们，真的很对不起。"

这个时候大家才发现她一脸的泪水，突然一点一点地抽泣起来，慢慢地，当着所有人的面号啕大哭，最后哭得昏天黑地，直到在闺蜜怀里慢慢睡着。

两天后，莉莉换了个短发，笑容重新挂在脸上。

－（5）－

2012 年的秋天，莉莉辞了工作，背着包，一个人出发，说是要实现六年前的一个愿望。

现在的她文静秀气，从容淡定，学会了化妆，涂淡蓝色的唇彩，比以前漂亮很多倍。那天下午，她自信地转身走进火车站，背影被

10月的寒风吹得有些孤单。

当晚她的QQ签名换成一句后来用很久的话：有一天晚上，你带我去流浪。天空下着雪，白发苍苍，梦一场。

莉莉说，六年前曾收到一个许诺，某人说带她周游世界，一直藏在她心里，信以为真。现在自己去完成这个心愿，回来后重新开始一段新的生活。

她说，说好的一起周游世界，最后大多是一个人完成。

分手后的两个月，莉莉跑遍了大半个中国。

10月底她在布达拉宫和游客们一起朝圣，裹着鲜艳的藏红袍，脸上的笑容从容而淡定。当晚她换了昵称，和过去的自己说再见。

11月初她在内蒙古草原骑马飞奔，蓝的天，白的云，无边的原野，美丽的姑娘。她说，如果没有踏出这一步，大概永远也不会知道外面的世界有多美。

半个月后，她站在雪谷自拍，冰天雪地里摆出剪刀手，在漫天大雪中起舞，潇洒到不像自己。回程的列车上，她用手指在呵上白气的玻璃上写字：两个人分南北，一个人奔东西。向阳奔跑，种下无数回忆，你很好，会变得更好。

二十天后她穿着长裙站在海边，碧绿到深蓝的海水，可以看见地球是圆形的海面，十里银滩阳光温暖。她又重新做了头发，戴上硕大的墨镜，整个人换了画风，各种摆拍热情似火。她说，凡心所向，素履所往，生如逆旅，一苇以航。

12月中旬，武汉下了场大雪，莉莉的前男友和出轨的小三结婚，莫名其妙通知了莉莉所有的闺蜜。

当晚莉莉发一条说说，只有三个字：我很好。

两天后，莉莉把自己打扮成美人鱼在海里潜泳，身边游着五颜六色的鱼，还有美丽的珊瑚礁。似乎是在说，没关系，失去你生活一样多姿多彩。

失恋是一场赛跑，看谁能在最短的时间变道。

最好的解脱办法，就是让自己变得更好。

-（6）-

2012年年底，莉莉回来了，去时背一个包，回来拖一个大箱子。我原以为她带什么特产回来了，结果打开看见满箱子的书，顿时目瞪口呆。

莉莉说："走了一路，想了一路，我终于想通了。过去的惨败，就让它过去，未来的路看自己。我发现自己书读少了，所以要补回来。书里说，当一个人足够优秀，就有面对一切的勇气。所以我要变得优秀起来，优秀到让他高攀不起。"

我笑说："哈哈，莉莉，很高兴你重生了一次。"

不久，莉莉把昵称换成"时光深巷的猫"，一直用到现在。第二年开春，她用剩下的一点儿积蓄加上自己的手艺租了个小门面，开了家咖啡屋。

半年后，莉莉已经变得足够优秀，举手投足端庄优雅，完全判若两人。她的咖啡屋很小，但是装修别致，吸引了一群钟情文艺范儿的熟客，生意不好不坏，但是足够生活。而且一有空就读书，自己慢慢也变成书中的女人。

又过半年，莉莉恋爱了，对方也是一个咖啡屋的老板。棉麻风的男人，温文尔雅但不矫情。两人的爱情也平平淡淡，不过给人一种很舒心的感觉。

有一次去喝咖啡，我说：“莉莉你现在就和你的昵称一样，像一只猫。”

她说：“哈哈，那以后你就叫我猫小姐吧。”

慢慢地，所有人都叫她猫小姐，她身上懒懒的气质，也的确像一只猫。

猫小姐说，爱让人失去理智，面目可憎。少喜欢你一点儿，才能平平淡淡，真真实实。所以我不要轰轰烈烈的爱情，简单的陪伴最让人安心。

－（7）－

猫小姐的他叫茄先生，名字也是猫小姐起的，因为茄先生有一点儿瘸。后来我听说茄先生是个网红，好奇去他博客一看，被十一万关注量吓一跳。

茄先生的博客里，贴满他到处旅游的照片，还有很多篇文章。我随手点开两篇，发现他果然是个暖男。又往前翻了翻，惊喜地发现他写了一大堆初恋，不过时间从 2005 年 10 月开始，到 2007 年 9 月结束，不久后开始满世界地旅游。

茄先生当时二十四岁，大学毕业不久，和女朋友一起在广州。他说自己的梦想是攒够钱回武汉开个咖啡屋，他磨咖啡煮咖啡，女朋友招呼客人。

2007 年的秋天，两人分手。不久后的冬天，女朋友匆匆嫁人。2008 年的春天，茄先生背起包穷游四海，半年时间跑遍大半个中国。

2010 年的冬天，茄先生回武汉开了个咖啡屋，不过只剩下一个人。

茄先生说，青春因爱而刻骨铭心，相识，相知，相爱，分手，过程轰轰烈烈，结局匆匆忙忙。多年以后，提及再无涟漪，相见也心生坦然。不如各自躲进时光深巷，做一只安静的猫。用故事冲一杯咖啡，抱着书本睡着。

2013 年的冬天，猫小姐对跪在地上的茄先生点点头，两人一起坐火车回了老家。

在一个叫紫金的小镇，下雪了。

她的签名也终于更新：

紫金下了今年冬天的第一场雪，飘了雪花，也落满了地面和枝丫。没有人知道我有多庆幸，这个时候我在这里，陪着这个小镇，看尽世间变化。

老　爹

–（1）–

我有一个朋友叫雯雯，和初恋男友相处了六年，分分合合矛盾不断。由于实在放不下，雯雯一狠心，决定和男友裸婚，直接跳过最危险的阶段。

一切准备就绪，但到了最后关头，老爸死活不同意。

雯雯老爸是附近一家包子铺的老板，我们都叫他老爹。老爹听说雯雯要裸婚，直接把户口本锁进保险箱。

–（2）–

往后几个月，雯雯再没提过结婚的事，但把老爹当仇人，经常故意带着男友站在老爹包子铺前吃别人家的包子。老爹被气得不行，但也拿雯雯没辙。

唯一的回击办法就是坚决不拿出户口本。

有一回老爹喝了点儿小酒和我唠嗑，我才知道他心里其实挺不是滋味。他说雯雯三岁的时候妈妈就没了，为了避免她受委屈，自己一直没有再娶，一直太过溺爱，什么都惯着，导致她现在这么叛逆，根本管不住。

我劝老爹说："雯雯个性倔是倔点儿，但本性不坏。"

老爹说他知道，就是担心这孩子从小没什么心机，容易吃亏上当。我说："不会吧，雯雯挺聪明的。"老爹说："会的，小时候让她看包子铺，几分钟回来，她送出好几笼最贵的蟹黄包子给路边的假乞丐，还往人碗里撒了两把零钱。"

我回想一下，说："好吧，她好像每次看见乞丐必送点儿钱。"

老爹说："是啊，她从小就有这习惯，说什么就算人家是骗子，那也是可怜人是不？后来我一想，孩子心地善良也不是坏事，就没再阻挠她。"

我说："老爹，那你为什么一直阻挠雯雯结婚啊？"

老爹叹口气说："你也是男人，大概能理解我的难处。只要是个男的往那儿一站，是骡子是马我一眼就能看穿。但有些话我不能直接跟雯雯说啊，说了她也不懂，也不会信，不说她又不听我的，你说我该怎么办？"

我摇摇头，大概明白老爹的心事，但也想不出好的办法。

–（3）–

半年后，事情出现大的转折，那天我去找老爹买包子，雯雯站在包子铺前和老爹对峙。我发现情况不对，买完包子正准备撤，雯雯突然说："我怀孕了。"

我吓一跳，迈出一只脚僵在原地，老爹也吓一跳，嘴唇颠簸着，表现出前所未有的慌张。雯雯突然崩溃大喊："因为我怀孕了，这个理由够了吧？"

喊完头也不回地跑了。

下午老爹关了包子铺，去酒吧坐着，一言不发，一杯接一杯地喝。我在旁边陪着他，喝到傍晚，他突然站起来，说："小王，酒钱记着，我先走了。"

我很意外他竟然没喝醉，说："老爹，我帮你把雯雯找回来吧？"

他摇了摇头，说："不用了，我自己去找。"

两个小时后老爹突然又出现在门口，递给我一个户口本，说："雯雯不想见我，说让我把它放在你这里，晚上她会来拿，你帮我转交给她。"

我说："好吧，老爹你有没有其他想转告雯雯的？"

他欲言又止，笑一下说："没了。"

晚上我坐在酒吧等雯雯，等到酒吧关门也不见人影。我打电话给她，一直提示关机。没办法我又打给老爹，还是无人接听，我想他大概睡了吧。

第二天一大早，我去酒吧开门，看见雯雯站在门口，头发凌乱，面容疲惫。我问："雯雯你怎么了？"她忍很久，突然控制不住哭了出来。

接近中午的时候，雯雯才开口说话，她说：“他不见了。”

我张大嘴巴，惊得目瞪口呆。

雯雯又说：“他说今天带我领证的，但昨天下午一出门，就再也联系不上了。”

我嘴巴张得更大。

-（4）-

两天后雯雯还是联系不上男友，没办法只能把事情告诉老爹。老爹又过来酒吧坐着，一杯接一杯地喝，喝到傍晚突然一咬牙，说：“雯雯，跟爸去医院。”

雯雯拼命摇头，拼命摇，一点一点慢下来，一点一点泪流满面。突然一头扑进老爹怀里，放声大哭起来，小小的身子剧烈起伏着。

两天后，雯雯去医院做了手术。

老爹得到消息，有人告诉他在某网吧看见祸害雯雯的渣男。老爹气得浑身颤抖，提着擀面杖冲出去，我怕他打不过，抄起两把面条追上去。

追到网吧门口，猝不及防撞上一骨瘦如柴的小男生，老爹举着擀面杖迎面追上来。我一把抓住男生，老爹手起杖落，男生一声杀猪似的惨叫。

我直冒冷汗，明白过来老爹不是在吓人，而是在拼命。

我在心里默数一二三，等老爹再发泄几秒，一把抱住他，不然真要出事。老爹破口大骂："你放手！反正也活不了几年，一命换一命老子值了！"

男生汗毛一竖，连滚带爬地跑了。

我们去医院看雯雯，雯雯还是面无表情地躺在床上，脸色惨白得可怕。

老爹故作开心地鼓励她两小时，口干舌燥，说出去抽支烟。

过一会儿我出门，发现他正蹲在地上哭。

雯雯出院以后，突然变得特别听话懂事，再也没见过她和老爹顶嘴。原本也不是坏事，但仅仅过了两个月，我发现老爹头发白了一半。

就这样又过了一年，老爹头发全白。

-（5）-

雯雯没再谈恋爱，由于年龄已经不小，慢慢地，也会偶尔听话去相亲。半年时间，帅哥型男一个没看上，偏偏看上个离异的大叔。

而且相处不久，突然就把婚事提上了日程。

老爹彻底蒙了。

但他没有像上次那样激进，换作哀求地问："雯雯，要不再考虑考虑？"

雯雯没有犹豫地摇头否决。

老爹低下头不再说话。

婚礼前夕，雯雯通知老爹，老爹说他不想去，我知道这是他最后的手段。但雯雯的回答是："没关系，随你。"

雯雯走后，老爹塞一个包子进嘴里，但还是止不住哭了。

我眼眶一热，也差点儿掉眼泪。

两周后雯雯的婚礼正式到来，一大早我收拾得人模人样去出席。但路过老爹的包子铺，吃惊地发现门竟然开着，他正在为一锅包子起笼。

我惊讶地问："老爹你不去参加呀？"

他说："不了，没心情不想去。"

这时路边一只流浪狗对着刚出笼的包子狂吠，老爹一气之下抄起一个包子打过去，流浪狗叼起包子撒腿就跑，老爹恼羞成怒一声怒吼追上去。

我站在原地，心想，好吧。

婚礼如期在酒店举行，仪式很简单，相互戴上戒指后就一直敬酒敬酒。足足四个小时，雯雯频频向门口张望。但老爹一直没出现。

我不断发短信汇报情况，他也一直没回。

我心想，老爹也是够狠的啊。但到了快结束的时候，老爹突然回短信了，他说：你让雯雯等我一下。我立马告诉雯雯，但她笑了笑说："不必了。"

我叹口气，手心全是汗。

等到雯雯快被婚车接走的时候，老爹终于来了，骑着一辆旧旧的脚踏车。雯雯静静地发两秒钟的呆，咬着嘴唇，突然冲上去和老爹紧紧抱在一起。

父女俩一齐泪流满面。

几分钟的寂静，身边人都开始小声抽泣。

上车前，老爹又上去抱了抱新郎，用力握了三下手，一下、一下、再一下，每一下都很用力。我不明就里，但知道一定有什么含义。

握完手，老爹目送雯雯和新郎上了车。

不一会儿，婚车慢慢在路口消失，但老爹站在原地一动不动。等到太阳快要落山的时候，他又踮起脚望了望，颤巍巍地骑上脚踏车掉了头。

背影在地上拉得老长，模糊了我的视线。

–（6）–

雯雯嫁出去第二个月，老爹突然在包子铺前晕倒，被隔壁摊的送进医院。我得知消息去看他，发现他脸色出奇地可怕，一点儿生气也没有。

傍晚医生过来送化验单，说已经扩散了，我问什么已经扩散了，医生一脸沉重不说话。老爹故作轻松，说："肺癌而已，前年就得了。"

我感觉五雷轰顶，瞬间脑子一片空白。

老爹拍拍我的肩膀，说："没什么大不了的，前年发现的，老子不照样活到现在！"

我突然想起老爹拿擀面杖追着打雯雯前男友时说的那句：反正也活不了几年，一命换一命老子值了！

深呼吸好几口，我说："老爹，扩散了不一样。"

他用力撑着坐起来，一脸不屑："有什么不一样，老子活给你看！"

我说："好吧，乐观点儿也是好事，那你争取早点儿出院！"

他说："行，但是你别告诉雯雯！"

我动了动嘴唇没说话，沉默好一会儿。

老爹盯着窗外的夕阳，突然安静地说："我想一直瞒着她，能瞒多久瞒多久，雯雯妈妈走得早，我是她唯一的依靠，我要是一走，雯雯连最后的依靠也没有了。所以你也要替我保密，除非我闭眼，否则永远不许告诉她。"

我发很久的呆，才想起应该点头。

两周后，老爹强撑着出了院，但出院不到两周再次晕倒，又被隔壁摊的背进医院。我又赶到医院，发现他的脸色比上次还要可怕，但还在坚强地对我微笑。下午我背着老爹去医生那儿打听情况，被告知老爹最多还有两个月。

我认真思考很久，决定去找雯雯老公谈谈。

找不到合适的借口问雯雯，就东打听西打听，最后约在医院附近见面。说完老爹的情况，女婿皱着眉头沉默很久，突然开口："雯雯怀孕了。"

我脑子又一片白，结巴地问："那，怎么办？"

后来女婿站在老爹病床前，又说一遍："雯雯怀孕了。"

老爹原本病怏怏的，一听大喜，扒开氧气罩，问："真的怀上了？"

我胆战心惊，说："老爹你快把氧气罩戴上。"

他说："闭嘴，放心，老子死不了。"骂完立马又问："真的怀上了？"

女婿点点头，忍了又忍，说："爸，我想了又想，觉得暂时还是不要告诉雯雯。"

老爹明显地愣一下，面色沉重地沉默下来。

女婿见老爹的反应，匆忙解释说："爸，我的意思是雯雯身子不好，怀孕不到两个月就感冒了两三回，我怕她知道了受不了。”

老爹一听，笑说：“你误会了，我是在想怎么瞒着雯雯。这样吧，晚上我给雯雯打电话，就说要出去旅游几个月，你再想办法帮我圆一下。这丫头大大咧咧的，没什么心眼儿，只要不说漏嘴她肯定发现不了。”

我瞥见老爹憔悴的眼神，心里说不出的难受。

女婿愣了愣，突然感激地说：“爸，谢谢你。”顿了顿，他又喊一声：“爸，我还有个问题要问你，那天上车前你捏了我手三下，是不是有什么含义？”

老爹想一下，问：“那天是我不对没去参加你们的婚礼，你可不可以原谅我？”

女婿说：“爸，你说什么呢，我没怪过你。”

老爹又问：“雯雯性子偏会有些任性，像小孩子一样耍脾气，你以后可不可以多迁就迁就她？”

女婿点点头，说：“爸你放心，我会照顾好她。”

老爹感激地看他一眼，说：“那，我把雯雯交给你了。”

女婿擦擦眼泪，已经说不出话，只顾点头。

过一会儿，老爹突然转头对着我，说：“小王你出去，我还有话要单独和我宝贝女婿说。半个小时后你再来，出去帮我买瓶水。”

我说：“好吧，那我先出去了。”

过半小时我回来，发现病房没人，老爹和女婿都不在，屋里乱作一团。我预感到一定是出什么事了，立马冲到抢救室，看见女婿坐在门口的长椅上。

快到傍晚的时候，门终于打开，满头大汗的医生对我们摇了摇头。

老爹走了。

我几分钟才反应过来，老爹彻底离开我们了，离开雯雯了。

但雯雯不知道。

-（7）-

八个月后，雯雯生了个女儿，坐完月子我们才把事情告诉她。

雯雯没说话，扑通一声跪在地上。

老爹的包子铺转手前，我也在场，签好字后，女婿从包里翻出一个存折，递给雯雯，说：“爸给的三十万，说是他一辈子的积蓄，希望我在房产证上加上你的名字。我现在把它交给你，房产证上，我把自己的名字去掉了，只留了你的。”

雯雯还是跪在地上，眼泪掉下来，扑下来，滚下来。

女婿蹲下去抱住她，说：“爸还说，小时候有一次你生病住院，快好的时候偷吃奶奶买的冰淇淋。他发现了很生气，就狠狠训了你一顿，你被吓哭了。他很后悔，就抱着哄你，那时候你们父女俩有一段对话，你还记得吗？”

“雯雯，爸爸永远爱你。”

世上只有姐姐好

–（1）–

1998年，冬。我上小学，姐姐上初中。

爸爸让我穿姐姐的旧衬衣，我不肯，爸爸抽一根竹竿要打我。

姐姐抱住爸爸的胳膊，哭着说："爸，你别打弟弟，你打我吧。"

爸爸换另一只手，扬得老高，姐姐够不着，就跑过来抱住我，紧紧把我的小脑袋揽在怀里。爸爸气急败坏，说："好，那就两个一起挨打。"

一下、两下、三下，全都落在姐姐身上。

晚上姐姐用盐水擦伤口，我在旁边哭。

姐姐说："弟弟你别哭，姐不疼。"

我哭着说："爸爸是坏人，是大坏蛋。"

姐姐说："别怪爸爸，咱家条件不好，等你再大一点儿就懂了。"

后来我穿姐姐的旧衣服，用姐姐大脸猫的旧文具盒，背姐姐凯蒂猫的书包。

大人们都夸我懂事早，穷人家的孩子早当家。

只有我自己知道，我是怕姐姐再挨爸爸的打。

后来我上初中，妈妈把姐姐的衣服洗干净压在箱底，不再让我穿。

十年之后，我大学毕业，工作前回老家待半个月。

突发奇想，把姐姐的东西翻出来。

白衬衣变成黄衬衣，书包早已不见踪影，大脸猫的文具盒锈穿几个大洞，里面还装着姐姐初中毕业送我的两支铅笔和半块橡皮。

我自己偷偷流一下午的眼泪。

–（2）–

2002年，秋。爸爸从废品站淘回一辆自行车，刷上漆给姐姐骑。

结果姐姐怎么也学不会，让给我骑。

我很快学会，在姐姐面前耍酷丢双把，结果一跟头摔在地上。

姐姐把我拉起来，问："弟弟你没事吧？"

我咬着牙说："没事，屁大点儿事。"

姐姐突然哭喊："哇，弟弟，你手腕儿怎么成这样啦？"

我一看，起老大个包，吓得哇哇大哭。

骨头断了。晚上爸爸从镇上找个老中医帮我接好，疼得我哇哇大叫。

姐姐说这样不行，求爸爸带我上医院。

爸爸不肯，姐姐就跪在地上，边哭边为我求情：“弟弟还小，万一没接好将来胳膊长变形了怎么办？爸爸求你，带弟弟上医院吧，带弟弟上医院吧……”

爸爸还是不肯，姐姐就跪在地上不起来。

跪到晚上，下起倾盆大雨，我拉姐姐起来，她倔强地摇头。

一会儿姐姐淋成落汤鸡，天上还在打雷。

但她仰着脸任雨水成股往下滑，一点儿也不怕。

爸爸没办法，发一顿脾气后，答应带我上医院。

后来姐姐淋雨这一幕我经常在电视里看见，只不过换了主角，但每次看见都忍不住哭得上气不接下气。

因为我上医院花光爸爸的积蓄，姐姐生病发烧再没钱上医院。

姐姐吃很多天的中药，结果越烧越严重。

我也学姐姐跪在地上，求爸爸带她上医院，结果爸爸递给我一个搓衣板。我跪在搓衣板上不起来，可该死的老天就是不下雨。

我听见姐姐不停咳嗽，心里一着急，哇一声号啕大哭。

两分钟后姐姐扶着墙出来，一把把我抱进怀里。

第二天姐姐咳出血，被送到医院抢救。爸爸妈妈都跟救护车走了，把我一个人留在家里。我一边想姐姐一边哭，一边哭一边骂自己没用。

两周后姐姐从医院平安回家，我冲上去抱住她。爸爸冲进姐姐房间把自行车推出来，噼里啪啦砸成一堆废铁。

晚上姐姐送我一个铃铛，说她悄悄从废铁堆里找出来的。

姐姐抱着我哭一个晚上。

那年秋天，姐姐离开了家，一个人坐上去广州的火车。

姐姐离开前把所有的文具和书本都送给我，我说不要，我只要姐姐。

姐姐说：“你要是想我了，就拨两下铃铛，姐姐就能听见。”

十年后，我知道她在说谎，但每次想她了，还是会拨两下铃铛。

丁零，丁零，就像姐姐的笑声。

-（3）-

姐姐上高中的时候，爸爸买回来一台旧彩电。

只要姐姐在家，肯定要和我抢遥控器。

从小到大她什么都肯让我，就是不肯让我遥控器。

我喜欢看武侠片，姐姐喜欢看爱情片。

但她总是看着看着就嘤嘤地哭。

哭得最厉害的一次，是她去广州前的一个晚上。

我问姐姐：“不就是男孩儿不肯和女孩儿在一起吗，有什么好哭的？”

她哭得更厉害，边哭边用纸巾擦眼泪。

我安慰她：“姐姐别哭啦，前几天班上有个女孩儿说喜欢我，我说我一点儿也不喜欢你，她也没哭哇。”

姐姐哭着哭着，扑哧一下笑出声来。

十年后再没人和我抢遥控器，我也没了看电视的兴致。

所有过去用来和姐姐一起看电视的夜晚，如今都对着电脑。

直到有一天，我坐在台灯下翻姐姐的日记本，看见一行歪歪扭扭的小字：×××，很快我就要去广州啦。答应和你一起去念大学的，看来是念不成啦。

我一边在心里抱怨姐姐早恋，一边哭成泪人，也终于明白，为什么姐姐当时哭得那么厉害。

-（4）-

五岁的时候，爷爷开始给压岁钱。

姐姐两块，我五毛。我大哭大闹，姐姐给我一块。

结果我一块五，姐姐一块。

六岁的时候，姐姐五块，我两块。我大哭大闹，姐姐和我换。

结果我五块，姐姐两两块。

十一岁的时候，姐姐十块，我五块。姐姐和我换，爷爷又给姐姐五块。

结果我十块，姐姐十块。

到了十二岁，我心想，终于要和姐姐打平了，哈哈。

可那年春节家里没有姐姐，姐姐远在千里之外的广州。

爷爷给我二十块，我哭着抽出十块压在姐姐枕头底下。

晚上姐姐打电话，我和爸爸妈妈跑很远的路去接。

姐姐：“弟弟，想姐没？”

我：“不想。你不在，没人和我抢压岁钱了，爷爷给我二十块。”

姐姐：“你在家里要听话，不许和爸爸顶嘴。”

我：“不听。你不在，我不和爸爸顶嘴，不然没人替我挨打。”

姐姐：“你要好好读书，姐姐挣钱供你上大学。”

我：“不上。你不上，我也不上。”

姐姐：“你一定要好好读书，男娃不读书一辈子也走不出穷沟沟。”

我：“姐姐你真啰唆，我不和你说了。”

我把电话递给爸爸，一个人出门，眼泪哗哗地流。

门外正在下雪，风也很大，我后悔忘了告诉姐姐——

你喜欢的冬天，下雪了。

三年后我上高中，姐姐开始不停给我寄东西。

衣服、鞋子、手表、《五年高考三年模拟》。

高一下学期，我鼓起勇气去网吧，学会了用QQ，开始和姐姐聊天。

姐姐：“外套好不好看？”

我：“不好看。又薄又轻，肯定是便宜货。”

姐姐：“不识货。那裤子呢，好看吧？”

我：“不好看。布料一点儿也不滑，别人的都很滑，肯定是便宜货。”

姐姐：“不识货。那鞋子呢，喜欢吗？”

我：“不喜欢。不是黑就是白，肯定是便宜货。”

姐姐：“你真没眼光，那手表呢？”

我：“更不好看。别人都是电子的，我的是机械的，早过时了！”

姐姐：“先让我哭会儿。”

姐姐哭晕在厕所。

又过三年，我终于上了大学，开始认识那些牌子。

李宁、李维斯、万斯、卡西欧、阿迪达斯、三叶草。

我问姐姐：“为什么当时给我买那么贵的东西呀？”

姐姐说：“因为弟弟就是曾经的我，我上高中的时候，穿最便宜的衣服，穿又便宜又难看只是很结实的鞋子，不想我的弟弟也这样。”

我鼻子一酸，眼泪拼命往下掉。

姐姐：“弟弟你是不是哭了？我就你这么一个弟弟，不对你好对谁好呀？”

我再没忍住，在大街上泪奔。

-（5）-

我上大三的时候姐姐恋爱了，姐夫是个大西北的穷小子。

那一年过年，姐姐第一次把姐夫带回家。爸妈拼命反对，拼命不给姐夫好脸色看。

姐姐哭着问：“爸，你为什么不同意呀？”

爸爸：“那么远，家里条件又不好，说不行就不行。”

姐姐：“弟弟也是穷人家的穷小子，是不是将来不娶媳妇了？”

我在旁边帮腔：“对，照这么说，我将来指定娶不了媳妇。”

爸爸怒拍桌子，指着我：“你闭嘴。”

大年初一，姐姐一气之下拉着姐夫要走，边收拾行李边哭。

我和爸爸大吵一架，但最终还是没能留住姐姐。

姐姐走后，爸爸语气突然软下来：“爸没本事，身子也不好，你妈跟我吃一辈子的苦，我不想你姐将来也吃一辈子的苦。”

那是我第一次看见爸爸流眼泪，那一年，他五十岁。

我发短信告诉姐姐，她还是没回来。

第二年暑假，姐姐结婚，家里没人去。

我要去，她死活不肯，打死也不告诉我姐夫家在哪里，让我抓紧时间找工作。那时我刚到深圳，一无所有，每晚在电脑前坐到一两点。

刚被社会扇耳光，泪水总在眼眶里打转。

又过三年，我在深圳小有成就，终于不再是彻彻底底的穷小子。

但姐姐还是没回过家，每次我劝她，她总是说："不了。"

那年秋天我回去参加堂哥的婚礼，嫂子家在云南，出嫁只有一个表妹陪她过来。

晚上堂哥打电话，让我悄悄煮两个鸡蛋给他送过去。

我心想，堂哥肯定忙一天忘了吃饭，立马煮两个送过去。

等送过去我才知道，原来堂哥是为了给嫂子敷眼睛。嫂子坐在床头，还在抽泣，两只眼睛又红又肿，只剩一条线。

我问堂哥嫂子怎么了，堂哥叹口气说："想家了。"

我在家里想两天，买了票一个人去大西北找姐姐。

-（6）-

一天一夜的火车，半天的汽车，五十块包个摩的又跑三小时，终于赶到姐姐住的地方。之前她告诉我的，一所二十六个学生，两个老师的小学。

姐夫是校长，姐姐是老师和厨娘。

没有提前通知姐姐，赶到时，她正在操场上给孩子们上体育课。

姐夫出门正好撞见我，要喊姐姐被我叫住，我说等姐姐下课吧。

他说那好，带我上操场旁边的一栋小木楼。

上楼就是姐姐的家，屋子不大，但一眼就看出是姐姐的风格，干干干净，整整齐齐。两把椅子，一张靠墙的桌子。桌子上摆着一台旧电视，一个旧旧的小电饭锅。

床头挂的是姐夫和姐姐的婚纱照，我才知道，原来姐姐穿上婚纱这么漂亮。

我盯着看了又看，看到嘴角咸咸的。

姐夫拿起茶壶，说："家里有点儿简陋，弟弟将就两天。"

我摇了摇头，突然想到一件事情，说："姐夫，我想问你一件事。"

姐夫是老实人，点点头说："弟弟想问什么随便问。"

我又想一会儿，说："我刚去深圳那两年过得很苦，存不下一分钱，还欠一屁股的债。所以我一直在想，姐只是高中毕业，她在广州那两年是怎么过来的？而且还经常给我买成百上千的衣服，隔三岔五往家里寄钱。"

姐夫笑了笑，充满愧疚地说："那两年她和几个打工的女孩儿一起住在一个很小的出租屋里，两张上下铺的铁架床，住四个人，吃什么用什么都省着，才能勉强攒点儿钱。但是你姐从来没抱怨过，除了想家，再累再苦也没见她哭过。"

我咬着嘴唇，低下头，怕忍不住掉眼泪被姐夫看见。

他过去打开窗子，又充满愧疚地说："这两年她也是，再苦再累也没见她哭过，只有想你的时候她才哭。她经常跟我说，这世上只有两个人对她好，一个是我，一个是弟弟。但是她不敢回去看你，因为家里没钱，她怕我觉得丢脸。"

-（7）-

我别过头，再忍不住，眼泪哗哗往下掉。

突然想起那些牌子：李宁、李维斯、万斯、卡西欧、阿迪达斯、三叶草。

想起姐姐说的那句话：因为弟弟就是曾经的我，我上高中的时候，穿最便宜的衣服，穿又便宜又难看只是很结实的鞋子，不想我的弟弟也这样。

可是我的傻姐姐至今还在穿最便宜的衣服，便宜又难看的鞋子。

阳台上挂着的，还是没有牌子的地摊货。

桌子上摆着的旧彩电比小时候家里的那台还旧，小小的电饭煲擦得发白。

可是我知道姐姐不后悔，因为她从小傻乎乎：谁对她好，她拼命对谁好。

姐姐上高中的时候，每晚在台灯下看书到很晚，经常边看边哭。

我不会安慰姐姐，就抽一张纸巾递给她。

她就抱住我说："弟弟，这世上只有你一个人对我好。"

十年后我失恋，哭着给姐姐发短信："世上只有姐姐好，有姐的孩子像块宝。"

姐姐："胡说，世上只有弟弟好，有弟的姐姐没烦恼。"

我问姐姐："弟弟哪儿好？弟弟一点儿也不好！"

姐姐说："胡说，这世上永远只有弟弟对我最好。我始终记得那一年，弟弟三岁，我九岁。爸爸给弟弟买双新鞋，我没有，觉得委屈就坐在门口哭。爸爸说大年初一不能哭，一哭一年走霉运。我不听，爸爸就抽一根竹条要打我。结果弟弟抱住爸爸的腿，死活不放。从那时起，我就在心里发誓，我要一辈子对弟弟好。”

我才知道，原来姐姐对我那么好，是因为一个我都不记得的故事。

-（8）-

擦干眼泪站到窗边，姐姐正在和孩子们玩跳皮筋。

“小皮球，架脚踢。马莲花开二十一，二八二五六，二八二五七，二八二九三十一。小皮球，架脚踢，马莲花开二十一，二八二五六，二八二五七……”

我望着她，仿佛看见我们小时候。

小时候，爷爷奶奶都还在，我还叫爸“爸爸”，叫妈“妈妈”，爸爸妈妈都还很年轻，头发全是黑色的。

小孩子戴着脏脏的红领巾，拉着姐姐软软的小手。全家人都会讲故事，小孩子睁大眼睛望着小星星。

可是时光不能倒流，现实里也从来没有如果。

爷爷奶奶不知不觉去世了，爸爸妈妈突然就一把年纪。身边再也没姐姐，姐姐在山的那一边。我在山的这一边，每天对着一台旧旧的笔记本。

对着一个个永远灰色的头像，对着不断沉默的过去。

泪水在心里打转，失整晚的眠。

总有一些人离你而去，一生也等不到归期。总有一堆事烂在心里，烂成一辈子的秘密。总有一段岁月我们匆匆老去，为旧时光找一个替代品，名字叫往昔。总有一个冬天大雪铺天盖地，掩埋掉一代人全部的回忆，再与我们没关系。

幸福是云朵，靠近天堂就醒了，变成雨滴很快坠落。回忆是欺骗，遇见时光就冷了，就像一场无力的诉说。一生紧握的执着，一瞬间滑落。

我们可以打败一切，但追不上时光，跑不过流年。

再见，姐姐。再见，小时候。

听妈妈的话

-（1）-

小孩儿不听话怎么办?

有一种办法叫皮带底下出孝子，脱了裤子打屁屁，打到通红为止。好比小时候老妈打我，隔壁老头儿在旁边支招：“你这不行，要把小孩儿翻过来，脱了裤子往屁股上打，最好用皮带，打不坏又疼，要打到屁股通红！”

后来我屁股被越打越厚，慢慢不觉得疼，老妈发现这招不管用啊，于是又找老头儿支招，老头儿说：“打，继续打，别打屁股打手心，用尺子打！让他自己数，自己伸过来，敢缩回去就加打！打到手心通红，然后让他下跪！”

过几年老头儿死了，大家都恸哭，我在旁边唱歌。

“小嘛小儿郎，背着那书包上学堂！”

老妈突然从身后提着耳朵把我提起来老高，提回家放在地上，我心想一顿打肯定是跑不了了。结果老妈没着急下手，指了指墙上画的巨大巴掌说：“裤子脱了，屁股绷紧，自己往上撞。先撞二百下，等会儿我回来检查红没红。”

我觉得人格受到极大侮辱，坚决抵制说：“我不撞！”

老妈眼睛一瞪：“你撞不撞？你不撞我马上用你曹爷爷教我的第二招！”

我一听气急，扯着嗓门对着老妈大喊：“撞！就！撞！”

我边撞边哭，该死的老头儿，临死前还留了一手！

-（2）-

后来，“屁股”和“手心”两个词在我心里留下巨大阴影，我一直认为自己小时候一定是被打得最惨的，直到遇见鸭蛋，他说：“你这算什么？小时候我妈从不打我，因为有更狠的——头悬梁，锥刺股，抄字典，背《红楼梦》！”

我说：“好吧，阿姨确实够狠。”他说：“可不是，猛于虎也！”

鸭蛋还有一个外号，街坊邻居的小孩儿都叫他坏叔叔。因为这货老喜欢出馊主意，经常告诉人家说：“我之所以考上‘985’，就是因为小时候我妈常体罚我。”

老周在家门口扒了儿子裤子打屁屁，鸭蛋正好路过，忙劝说：“老周哇，这就是你的不对了，怎么能这么打孩子呢？巴掌肉厚劲儿大，小心把孩子打出内伤。”

小家伙正感激，这货又补充一句：“依我说，你得用皮带抽！

皮带又薄又有韧性，抽起来要多疼有多疼，很有教育意义，还只伤一层表皮！”

老周一想，立马采取建议，解下皮带一顿啪啪啪猛抽。

小家伙哇哇大哭：“啊，坏叔叔，我长大了要弄死你！啊，坏叔叔！疼，坏叔叔！”

鸭蛋蹲下说：“等你长大了，不仅不会怪叔叔还会感激叔叔，也会感激你爸爸。等你考上清华北大，就会明白世上只有爸爸好，挨打的孩子像块宝！”

老周又是一顿啪啪啪：“听见没有？听见没有？世上只有爸爸好！”

李婶家的儿子小宝偷偷去网吧打游戏被鸭蛋看见，过两天撞见李婶带儿子出门，鸭蛋说：“小宝啊，今天网吧关门，别去了，叔叔刚去了回来。”

李婶一听，把小宝往腿上一横就准备开抽，鸭蛋立马拦住：“婶你听我说，现在是科学社会，教育要讲究方法。小宝不是喜欢上网吗，你就给他买个键盘，教他打字，让他把四大名著打一遍，既教育了孩子还能长知识。”

李婶一听，连连点头，说：“还是你们知识分子有头脑！”

过俩月撞见李婶，鸭蛋问：“小宝打字练得咋样了？”

李婶笑说：“刚打完《红楼梦》，这次语文考试上升十七分，你的办法真好！”

鸭蛋乐呵呵：“好吧！那就继续让他打，打完四大名著上升得更多！”

第二天小学放学时间，小区门口惊现一群小学生，每人手里一根旺旺碎冰冰，小宝站在最前面，看见鸭蛋出现，大喊一声："就是他！哥儿几个，上！"

鸭蛋推我一把："快去帮我买二十包薯片！"

–（3）–

鸭蛋虽是个大学生，受过高等教育，但他坚持男孩儿不听话就是要打。我由于小时候心理阴影还没消除，对此坚决抵制，经常和他争论。

但鸭蛋是个孝子，他对另一半的要求是，一定要尊敬长辈。鸭蛋三岁的时候，父母就离了婚，他爸爸是个酒鬼，成天不务正业，所以姐姐和他都跟着母亲过。鸭蛋最怕回忆过去，但偶尔也跟我们提起小时候吃的种种苦。

他的女朋友叫小不点儿，两个人感情很好，但婚姻一波三折。

鸭蛋和小不点儿高中时就相互喜欢，后来又考进同一所大学，理所当然走在了一起。后来不小心被阿姨发现，暴怒异常，担心影响鸭蛋考研，打电话通知他："以后每个月生活费从八百降到五百，不分手永不上涨！"

鸭蛋说："男子汉岂能为五斗米折腰？"

于是开始省吃俭用为爱情而战，每个月取五百，周末再打打工。果然老妈再没提过涨回来，鸭蛋也没再问。直到四年后快毕业，银行通知卡要升级成带芯片的，鸭蛋去银行换卡，换完不经意看一眼回执单，余额两万五，对当时的鸭蛋来说这笔钱还是天文数字，吓得他半天说不出话。

等平静下来，鸭蛋深思熟虑后打电话问老妈，才知道原来四年前老妈不仅没降他生活费，反而还涨了二百，就这样稀里糊涂攒了人生第一桶金。

-（4）-

毕业后他用这笔钱创业，开了个小小的工作室。

虽然收入不高，但足够小两口过活。去年春天的时候，两个人商量着年底结婚。只是天不遂人愿，鸭蛋的姐姐去年暑假检查出白血病，姐夫开出租车不到一年，东拼西凑连住院费也没凑齐。

好在和鸭蛋配型成功，一家人又看见希望，但是第一笔手术费就要四十七万。

鸭蛋从小和姐姐相依为命，思前想后决定把打算和小不点儿买房的首付垫上，又找银行贷了笔款，七大姑八大姨帮忙凑了凑，好歹凑齐了手术费。

几个月后姐姐出院，鸭蛋前前后后欠了六十几万。10 月份小不点儿生日，晚上一群人来酒吧唱歌。喝酒侃大山，有人突然提起鸭蛋说过 10 月份要和小不点儿订婚，问具体什么时候。鸭蛋笑了笑没说话，沉默一下，小不点儿说："我妈不同意。"

问问题的人目瞪口呆，其他人也惊得说不出话，小不点儿接着说："我妈就是个势利眼，她不同意是她的事，只要我同意，谁也拆不散我和鸭蛋！"

大家提在嗓子眼儿的心终于落下，人人松一口气。

过一会儿，鸭蛋突然发话吓我们一跳，他说：“光你同意顶屁用啊！”

小不点儿一听，用手指着鸭蛋眉心，怒问：“你说什么？”

鸭蛋说：“小不点儿你听好，欠下的钱没还完，我是不会娶你的。你要是在这期间离开我，我不会拦你。但你要是愿意留下，我会拼命还钱。”

小不点儿抽他一耳光：“离开什么呀，我们不能一起还钱么？”

啪，脸朝右，鸭蛋：“不行，你知不知道是六十万？”

小不点儿又抽他一耳光：“六十万怎么了？我算了算，差不多五年就能还清！”

啪，脸朝左，鸭蛋：“不行，你算算再过五年你多少岁了？”

小不点儿捏了捏拳头：“那你赶紧先娶我呀！”

鸭蛋：“我说过，欠下的钱没还完，我是不会娶你的！”

啊，鸭蛋一声尖叫，捂着鼻子冲进洗手间。

-（5）-

但是去年 10 月底，鸭蛋还是和小不点儿订了婚。订婚那晚，鸭蛋流着泪说，原来没打算和小不点儿这么快订婚，但他妈 9 月份把供了半辈子的房子卖了，帮自己还清了贷款，还帮自己付了一套新房首付，最后逼着他和小不点儿订婚。

鸭蛋老妈是个中学老师，学区改建时低价买了套六十平的小房子，现在房价翻几番。但毕竟不是一线城市，卖出去的钱替鸭蛋还完贷款刚好剩个首付。

订婚酒席上，阿姨说："小不点儿是个好姑娘，上学时就愿意跟着鸭蛋吃苦，鸭蛋欠一屁股债时也不嫌弃他。如今这么好的姑娘到哪儿找啊，你们说是不是？"

大家都是第一次见鸭蛋老妈，和想象中完全不一样，不好跟着起哄，只是点头。

我慌忙鼓掌，说："是是是，日久见人心，患难见真情。"

后来很多人问鸭蛋，为什么阿姨五十几岁就满头的白发？鸭蛋叹口气，说："之前只是有一些白头发，姐姐住院那几个月，一下子就全白了。"

所有人沉默下来，没人再多问什么。

去年冬天房子装修好，结婚前鸭蛋和小不点儿去接阿姨。阿姨死活不搬，她托关系在学校教工楼租了个小单间，说什么一个人住着挺好，和年轻人聊不来，搬了家又没人陪她聊天打牌。

但我们都知道，其实阿姨是为鸭蛋着想。她帮鸭蛋买的房子只有两室一厅，主卧旁边的次卧摆着一张她亲自挑的儿童床。

鸭蛋和小不点儿也不答应，说什么也要住在一起。

阿姨拗不过，就提了个条件，她说："当初没舍得卖那套房子，是想着以后有了孙子上学方便，现在房子卖了再不占个地儿将来照顾孙子上学不方便。"

鸭蛋和小不点儿劝她以后的事以后再说，阿姨说："那行，等你们有了孩子我就搬过去住，帮你们照顾孩子。"鸭蛋和小不点儿又劝一会儿还是没说动，只好答应她的条件。

鸭蛋和小不点儿去年冬天完婚，马上开始了造人计划。

-（6）-

但过完年没多久，鸭蛋姐姐又晕倒一次。

开始大家都很害怕，以为她白血病复发或手术不成功，结果检查后只是低血糖，虚惊一场。

当时我陪鸭蛋和小不点儿在外面等，直到护士出来通知问题不大，也没见阿姨赶过来。开始大家都没注意，后来松一口气，鸭蛋突然一想，不对，赶紧站起来打电话，连打几次也没人接。转过身来说：“完了，我妈有高血压。”

晚上我们赶到另一家医院，阿姨正躺在床上，浑身插满了管子。医生说情况不太乐观，高血压性脑溢血，需要家属签字确认到底做不做手术。

鸭蛋问做不做结果有什么不同，医生说做了能保命，但变成植物人的可能性很大。不做的话最多还有三天时间，但病人持续昏迷不会感到痛苦。

鸭蛋和小不点儿想也没想，异口同声说：“做。”

两个礼拜后，阿姨奇迹般醒了，但人几乎瘫痪，只有一只胳膊能动，嘴唇也能动一动，但是说不了话。

阿姨醒的那晚，所有人都赶到医院，鸭蛋姐姐也在场。她艰难地翘起一根指头，像是要指谁，鸭蛋一个一个报，报到姐姐，阿姨艰难地弯了下指头。

姐姐便蹲下去抓住阿姨的手，嘴里一遍一遍解释说：“妈，我没事。”眼泪一边稀里哗啦掉下来，扑下来，滚下来。

这个时候，阿姨颤巍巍地弯下唯一能动的手指，放在姐姐手背上。

过一会儿，阿姨慢慢松开，又艰难地翘起那根手指，鸭蛋又开始一个一个报名字，报完在场所有人，阿姨的指头也没有弯一下。正在大家都摸不着头脑时，小不点儿突然问：“妈，您是不是想我和鸭蛋一起过来？”

阿姨终于艰难地弯了下指头。鸭蛋便和小不点儿过去蹲下，一起抓住阿姨的手。但阿姨奇怪地摇了摇指头，鸭蛋和小不点儿相互看看一起松开。

停几秒，阿姨缓缓地用指尖画了个心。鸭蛋突然明白过来，把小不点儿的手抓过来放在自己手心里。

又过几秒，阿姨开始颤巍巍地在小不点儿的手背上写着什么。

横一下，竖一下，顿了顿，接着画了四座小山，又顿了顿，竖一下，画了个半圆，休息几秒钟，接着竖一下，横一下，又艰难地竖一下。

我们绞尽脑汁也没猜出阿姨写的什么，十几分钟后，姐姐从护士那里找来一张纸，一支笔，回忆着把这些笔画排出来。

排来排去也没排出一句能读顺的话，大家又各自想很久，最后小不点儿灵机一动，说妈是教英语的，该不会写的是英文字母吧？

姐姐一愣，很快就排出一行字母来。

横一下竖一下是 T，四座小山是 MM，竖一下加个半圆是 D，一竖一横一竖是 H。

TMMDH。

听妈妈的话。

鸭蛋跪在地上哭出声来，小不点儿跪在旁边抱住他，脸上也稀里哗啦。在场所有人眼睛里都泛着泪光，几乎没人敢直视床上一头白发的阿姨。

我把头偏向窗外，眼泪还是往下掉。

-（7）-

两天后，阿姨在睡梦中走了。

凌晨护士发现的时候，姐姐趴在床头还没醒过来，脑袋下压着前天的白纸，纸上写着 TMMDH。

姐姐哭到晕倒。

当晚我陪鸭蛋去阿姨的小屋子里取东西，发现门开着，我能想到当时阿姨慌慌张张出门的情景，一定是太匆忙忘了关吧。

门口的地上有一副摔碎的眼镜。

鸭蛋说："小时候家里穷，妈妈每周只买一次肉给我和姐姐吃。那时我上小学，有一次在饭桌上问她要两毛钱买铅笔，她没答应，我就发脾气摔筷子，结果弄掉一块儿肉在桌子上，妈妈就给了我一巴掌。其实我之前都是骗你的，那是妈妈第一次打我，也是唯一一次。"

我缓缓呼吸一口，盯着他神情恍惚地往窗口走。

鸭蛋走几步停下，说："我感到莫大的委屈，就把自己关在屋子里哭。晚上妈妈买两支铅笔进屋，一支给姐姐，一支给我，说，阳阳，你要什么妈妈都给你买，但是你要听妈妈的话，不能浪费，咱家没爸爸，所以你要比别人家的孩子懂事，要努力学习，努力有出息，这样别人才不会看不起你，记住了吗？”

鸭蛋走到窗子前面，缓缓取下一个相框，里面放的是一张 90 年代的黑白照。那时阿姨还很年轻，姐姐还扎着马尾，鸭蛋光着头像个小秃瓢。

三个人像花儿一样笑着，分明就是幸福的一家人啊。

这个时候鸭蛋扑通一声跪在地上，沙哑着声音喊：“妈妈，对不起。”

短短五个字，一度被自己的抽泣声打断。

妈妈，对不起。可是一万句对不起，妈妈也不会听见了。

嗯，再也不会听见了。

我流着泪，也想起了妈妈。

记得小的时候顽皮总惹你生气，放学贪玩拖到很晚才回家，锅里香喷喷的饭菜还冒着热气；捣蛋糊一身泥巴，阳台上晾干的衣服怎么也换不完；红领巾被口水染成世界地图，第二天起床总是鲜艳如初。

上大学花光钱饿肚子，谈恋爱被分手哭得昏天黑地，踏入社会知道了人世冷暖，第一时间想到的永远是家，永远是厨房里忙着做饭的妈妈。

有一种永恒叫生死，再努力也打不败岁月。

曾几何时，“妈妈”是世上最温暖的两个字。但有一天，树欲静风却不止。

妈妈，妈妈，好想你能再爱我一次。

会好的，会好的

我今年二十五岁，有时候觉得自己幼稚得像个孩子，有时候又觉得心很老。

去电影院看《陆垚知马俐》，虽然是部喜剧，却看到眼眶湿湿的。剧里一晃数十年的时间转换，让我情不自禁想到了烟花易冷，想到“时间”这个词。

回来一路上想了很多，事实上毕业以后，就经常会失眠想时间这回事。

有时候就像做梦一样，不敢相信已经毕业很久。仿佛就在昨天，自己还是个学生，还有做不完的梦，花不光的时间，浪不完的青春……

然而，不觉间已经翻过二十五个年头，一转眼，好久了哦。

林花谢了春红，太匆匆。无奈朝来寒雨晚来风。

时间大把大把地过，动辄就是几年几年，过去一天比一天陌生，昨天也变得模糊。日子像书本，一页一页地翻，而且越来越迅速。

莫名地开始害怕，就像我一直说的，三十岁在我眼里是个可怕的岁数。

但我知道它早晚会来，就像转眼过去的二十几个年头。

大二开始，连续几年习惯了晚睡，睡前听两首老歌，想一些睡醒就会忘记的事。旧旧的笔记本陪我路过几座城市，列表里的歌还是那几首。

闭上眼睛常常问自己，理想怎么办，以后要去向哪里?

想来想去，理想还是八竿子打不着，于是一遍一遍提醒自己不能放弃，嗯，不能放弃。

至于未来，一直在稿纸上画，画来画去还是一张废纸。

一切都不太满意，但是再艰难，也只有一步一步往前走。

毕业以后，日子慢慢变成单曲循环，开心的时候越来越少，时间越过越快。

很多失去再没有挽留的决心，很多难题渐渐感到力不从心。

很多事只能一笑而过，所以常常笑得没心没肺。

每天无数辞职的念头在脑子里乱撞，又默默打消，咬着牙坚持，拼命扑向不喜欢的事。

常常鄙视这样的自己，再不是把高傲刻在眉头的少年。

似乎除了藏在心里的理想，一切变得一团糟。满脑子回忆，却想不起一个完整的笑脸。忙忙碌碌一整天，能记住的东西一样也没有。

越来越害怕，害怕就这样一直庸庸碌碌下去。

所以翻来覆去，失眠的次数越来越多。

念旧不是好习惯，但我却是个十分念旧的人，每晚躺在床上，总在想，大学时那种轻松自在的时光，是真的一去不复返了。

高中最好的哥们儿结婚，有事抽不开身错过婚礼，一遍遍说抱歉，说完还是想抽自己一耳光。

毕业时大家一起唱《朋友》，说好一辈子做兄弟，婚礼上再聚，一个都不能少。从未想过失约的那个会是自己，但偏偏就是自己。

经历了太多荒唐事，才发现自己活得一团糟。说过一些混蛋话，做过一些糊涂事，伤过一些不该伤的人，毁过一些不该毁的约。

对自己也有太多亏欠，这些年有过努力，也曾失意过很久，大把大把浪费时间，找一些自欺欺人的借口。

其实心里装着一万句对不起，但知道开口大多也无济于事。

只好低头默默往前走，努力希望一天天变好。不一定多成功，但要有能力保护想保护的人，自在地干想干的事。

至于那份不安的心，经历的多了，也渐渐明白，一个字一个字写成书，一步一步走过夜晚，慢慢地终会看见黎明。

工作一年后，最怕听见三种话：

藏不住白头发的父母对人夸儿子年轻有为。

异地恋的女朋友相信我注定与众不同。

自己对自己说你一定会成功。

只有自己清楚自己多普通，但要像巨人一样拍胸脯。

每次拍完胸脯，总会暗暗告诉自己，你要努力。

嗯，一定要努力。

努力便成了自我安慰最好的办法，但成就在未来提心吊胆地扇耳光，打肿了脸，就说吃成胖子。

但是啊，我长大了，一夜之间长大了。

有一天突然想，之所以变得强大，大概是默默为三样东西活着：

希望早一天有所成就，老爸老妈晚年过得幸福。

希望她眼中的潜力股早一天兑现，不枉费这么多年的不管不顾。

希望理想早一天变成现实，不辜负十几个年头的坚持。

这些年，唯一的收获，大概是，梦想还在，你也还在。

再不敢说自己青春年少，所幸青春的印记还没有完全抹掉，多少在身上留下一点儿孩子气。

我一直相信，一个人跌到低谷，就会触底反弹。

那种感觉仿佛从内心深处涌出，融进血液，温暖整个身体，莫名地相信一切美好的事，心底会装满阳光。

来回撞得头破血流，慢慢还真成了打不死的小强。哪怕坚强捉襟见肘，它也支撑着我战战兢兢地闯过一个个难关。

回头凝视自己，还真比想象中强大不知多少倍。

努力用好心情迎接每一天，拉开窗帘，阳光照进来，笼罩着旧照片。

那年，你我笑得真好看。

风雨中逃亡，一路跌跌撞撞，胆小的孩子学会了坚强。

凉椅上平躺，抱着书本睡着，干净的男子喜欢上阳光。

有一天，你也会变成巨人，踩着梦想的碎片寻找出口，在黎明的尽头看见地平线，伸手触摸阳光，如笑脸一般温暖。